PURVA GROVER

SIE

Unter den vielen Dingen, die ich nicht verstehe, sind die meisten weiblich.

Alle globalen Veröffentlichungsrechte liegen bei
Ukiyoto Publishing
Veröffentlicht im Jahr 2023

Inhalt & Design Copyright © **Purva Grover**
Buchlayout & Cover Design **Dolly Jain**

ISBN - 9789358463569

Alle Rechte vorbehalten.
Kein Teil dieser Veröffentlichung darf ohne vorherige Genehmigung des Herausgebers in irgendeiner Form auf elektronischem, mechanischem, Fotokopier-, Aufnahme- oder anderem Wege reproduziert, übertragen oder in einem Abrufsystem gespeichert werden.

Die Urheberpersönlichkeitsrechte des Urhebers wurden geltend gemacht.

Dieses Buch wird unter der Bedingung verkauft, dass es ohne vorherige Zustimmung des Verlegers in keiner anderen Form als der, in der es veröffentlicht wird, verliehen, weiterverkauft, vermietet oder anderweitig in Umlauf gebracht wird.

www.ukiyoto.com

Auch von Purva Grover

The Trees Told Me So
It was the year 2020

Über den Autor

PURVA GROVER IST Bestsellerautorin, internationale Journalistin & Redakteurin, TEDx Speakerin, preisgekrönte Dramatikerin & Regisseurin, Published Poetin, Geschichtenerzählerin, Spoken Word Artistin und kreative Unternehmerin. Sie ist Gründerin und Herausgeberin von The Indian Trumpet, einem digitalen Magazin für indische Expats. Ihr Debüt als Autorin gab sie mit *The Trees Told Me So* (2017); ein Buch mit Kurzgeschichten, das mit ehrlicher Stimme ein ergreifendes Bild von Liebe, Leben und Verlust zeichnet. Ihr zweiter Titel, *It was the year 2020* (2021); ein fragmentarischer Roman, der in Echtzeit spielt und es wagt, von der Pandemie zu sprechen, die darauf wartet, unser Leben zu übernehmen, oder was auch immer davon übrig ist. Sie wird mit einem postgradualen Abschluss in Massenkommunikation und Literatur unterstützt und ist süchtig nach der Idee, Geschichten zu schreiben, um ihr Lieblingswort zu entdecken. 2021 erhielt sie das Goldene Visum der VAE für zehn Jahre (das erste Kulturvisum der Welt) in der Kategorie: Class of Creators from the People of Culture and Art as a writer. Geboren und aufgewachsen im farbenfrohen, chaotischen Indien, schreibt sie auf Englisch und lebt in Dubai, VAE.

purvagrover.com
Facebook: @groverpurva
Twitter: @purvagrover
Instagram: @purvagr

Anmerkung des Autors

WACHSE DEINE ARME und Beine und sogar dort unten. Tragen Sie einen BH. Haben Sie eine Periode.

Küsse zart und leidenschaftlich. Decken Sie die grauen Strähnen ab.

Vergieße eine Träne. Sieh zu, wie dein Herz bricht. Iss einen dunklen Schokoriegel.

Tragen Sie Pink. Kenne den Unterschied zwischen Fuchsia und Magenta.

Denke an Babys. Lerne, wie man in hohen Schuhen geht.

Studieren Sie hart, machen Sie Karriere. Lerne, Zuhause und Arbeit in Einklang zu bringen.

Repariere einen schlechten Frisurentag. Kennen Sie Ihren Hauttyp.

Besessen von Zentimetern, verloren und gewonnen. Vertraue deinen Freundinnen.

Sitzen Sie richtig. Vorsichtig beugen. Sprich höflich.

Bestellen Sie ein Cosmopolitan, klink Weingläser.

Prosper. Werde befördert. Klettern Sie die Karriereleiter hinauf.

Gib mit einem Ruck alles auf.

Priorisieren. Dein Zuhause und deine Familie brauchen dich.

Professionelles Wachstum kann warten.

Vorname. Nachname. Ändern, akzeptieren.

Oder behalte es. Brechen Sie die „Regeln".

Flirte vorsichtig. Verlieben Sie sich. Heiraten.

Cellulite. Karat. Kalorien.

Kümmern Sie sich um Ex-Akten, kreuzen Sie die richtigen Kästchen an.

Widerstehen Sie dem Tupfen von Bieren oder genießen Sie Malz.

Beschwere dich nie darüber, eine Mutter zu sein.

Richter, beurteilt werden.
Umarme die Schwiegereltern. Beschwere dich nicht.
Bleib stark. Scheuen Sie sich nicht, Ihre Schwäche zu zeigen.
Bekämpfen Sie Freunde und Chefs.
Schäme dich, eine Jungfer zu sein.
Sprechen Sie für sich selbst. Wissen Sie, wann Sie ruhig bleiben müssen.
Gut aussehen, Make-up auftragen.
Sshh... Lass niemanden wissen, dass du dir Mühe gegeben hast, dich zu verkleiden.
Kleiden Sie sich in Ihrem Alter. Wecke das Kind in dir.
Nicht rauchen oder betrügen.
Vergeben und vergessen.
Nagellack tragen. Entschuldige dich dafür, alt zu werden.
Erfahren Sie, wie Sie einen Schal drapieren. Wissen Sie, wann Sie keinen Rock tragen sollten.
Wissen, wie man einen platten Reifen repariert. Liebe den Mann, der dir die Autotür öffnet.
Tritt mit den Männern an. Verletze ihr Ego nicht, indem du sie wissen lässt, dass du gleichwertig bist.
Machen Sie einen All-Girls-Urlaub. Trinken, einkaufen, feiern. Behalte es geheim.
Hör auf zu versuchen, ein Held zu sein.
Sei eine Superfrau, eine Supermum.
Waschen Sie die Wäsche.
Erlaube dir, zu erforschen, zu wachsen.
Gib niemals auf. Mach weiter.
Tränen vergießen. Kochen Sie gute Mahlzeiten. Kümmern Sie sich um die Gesundheit jedes Familienmitglieds.
Holen Sie die Erlaubnis ein.
Überspringen Sie Ihre Mahlzeiten, um sich um andere zu kümmern.
Kilo. Größen. Sorgen Sie sich endlos.
Folgen Sie den Mustern. Erfüllen Sie Ihre Erwartungen.

Sei damenhaft. Sei eine richtige Frau.
Und dazwischen, tauche klüger auf.

Unter den vielen Dingen, die ich nicht verstehe, sind die meisten weiblich. Im Laufe der Jahrzehnte wurden Frauen die gleichen Scheiße erzählt und verkauft. Diese Arbeit ist eine schriftliche Erweiterung des Geschwätzes, mit dem wir gefüttert werden und von dem wir uns ernähren. Es ist kein Versuch, irgendwelche Punkte zu verbinden.

Seine Themen sind Frauen, die ich kenne. Es ist kein reiner Zufall, sondern reine Absicht. Keine Forschung ist in dieses Stück des Schreibens gegangen, es sei denn, Sie betrachten Geplänkel über Getränke, bei Ferngesprächen oder durch Wasserkühler, also. Ich möchte die Personen, die sich mir anvertraut haben, nicht bloßstellen oder mich in Verlegenheit bringen, also möchte ich sagen, dass es sich um ein fiktives Werk handelt, das stark vom wirklichen Leben inspiriert ist. Selbst wenn ich über mich selbst spreche, erinnere ich mich, könnte ich nur ein paar Teile erfinden. Ich bin schließlich ein Geschichtenerzähler.

Wenn Sie es lesen, werden Sie nicht klüger, da das Schreiben keine solche Wirkung auf mich hatte. Auf den folgenden Seiten werden keine Probleme mit dem BH-Brennen diskutiert, da dies nicht der richtige Ort dafür ist und wir das respektieren müssen. Wenn Sie leicht beleidigt werden oder unerwünschte Ratschläge nicht mögen, ist es jetzt an der Zeit, das Buch wegzulegen. Der Rest von euch, schließt euch mir an. Ich hoffe, Sie mit mir leiden zu lassen.

Ich bin keine lustige Person, also wenn Sie Teile des Drehbuchs lachwürdig finden, ist es Ihr Sinn für Humor bei der Arbeit, nicht meiner. Ich erwarte, keinen Unterschied in eurem Leben zu machen. Wenn Sie etwas lernen oder verlernen, machen Sie mich nicht dafür verantwortlich.

Fühlen Sie sich frei zu beobachten, zu absorbieren, zu beurteilen und zu vergleichen. Oder auch nicht.

*An alle Frauen, die ich kannte,
wissen und wissen werden*

Wie man dieses Buch ~~liest~~.

NENNEN WIR DIES lder Einfachheit halber ein Buch, ein interaktives Arbeitsbuch, wenn Sie möchten. Ich möchte, dass du mit diesem hier arbeitest. Wenn Sie es lesen, werden Sie die Fülle von Elementen wie ausziehbare Zitate, Box-Outs, Seitenleisten, Autoaufkleber, Linien und mehr bemerken. Dies ist kein Versuch, Designfähigkeiten zu zeigen oder sich abzuheben. Vielmehr ist es eine Einladung für Sie, die folgenden Seiten mit einem Permanentmarker in der Hand durchzulesen und hier Spuren zu hinterlassen. Es gibt auch Blätter mit perforierten Markierungen, reißen und aufbewahren.

Ich kann nur hoffen, dass dieses Buch bis zum Ende hundeohrig ist. Ich freue mich auf die Seiten mit Ölflecken, Nagellackflecken und Kaffeeflecken.

Behandle sie schlecht und wende dich an sie, wann immer du kannst. Lies es in einem Tempo, das zu dir passt und in einem Muster, das zu deinem Zeitplan passt.

Hier und da finden Sie ein paar leere Seiten. Diese sind für dich. Verwenden Sie sie. Schreibe deine Gefühle in der Unterkunft auf oder notiere die Einkaufsliste. Doodle away. Ich weiß, dass die meisten von Ihnen Multitasking betreiben, also macht es mir nichts aus, wenn Sie in einer Minute notieren, wie Sie sich über das Treffen nächste Woche Sorgen machen, in der nächsten Minute erinnern Sie sich daran, wie Sie gestern auf Ihren Ex gestoßen sind, und dann Notizen zu Hausmitteln gegen Akne machen. Ebenso hoffe ich, dass es Ihnen nichts ausmacht, wenn ich von einem gewissen Gefühlsschwall zu einem Hormonschwall übergehe. Bitte kooperieren Sie. Das Leben steht mir im Weg und ich versuche immer noch herauszufinden, was entscheidend ist - Liebe, Wäsche oder Unterricht. Und das Leben, wie wir es kennen, folgt nicht und muss nicht einem Muster oder einer Sequenz folgen.

Wenn Sie zu irgendeinem Zeitpunkt das Gefühl haben, dass ich bestimmte Themen, die für Sie als Frau, als Einzelperson wichtig sind, nicht behandelt habe, dann haben Sie Recht. Hier ist noch viel ungesagt, aufgedeckt. Aber dann, komm schon, es gibt nur so viel, was eine Frau tun kann. Stimmt's? Nun, das ist ein work-in-project. Dieses Buch, wie wir, entdeckt Aspekte der Weiblichkeit. Also, lassen Sie uns das am Anfang selbst klären. Außerdem werde ich an einer Fortsetzung arbeiten. Lassen Sie uns auch zustimmen, dass wir im Laufe der Zeit anderer Meinung sind. Ich schätze Ihre Meinungen und Gefühle, und ich hoffe, dass Sie meine und die derer, die sich mir anvertraut haben, schätzen können.

Auch während ich spreche, ist hier eine Bitte: Leihen Sie dieses Buch nicht aus. Kaufen Sie ein Exemplar oder schenken Sie es einem anderen. Unterstützen wir uns gegenseitig. Außerdem wird es den Verlag glücklich machen. Aber meistens wird es mir helfen, für eine Behandlung zur Entfernung von Mitessern zu bezahlen. Und Sie wissen, wie viel uns das bedeutet und wie wir manchmal auch mit seinen Pendants, den Whiteheads, umgehen müssen.

Kurz gesagt, ich hoffe, Sie haben einen Kauf getätigt (oder getätigt) und ermutige andere, dies ebenfalls zu tun.

Inhalt

Die Jungs sind da draußen. Mist. 15

Dein Po-Lauch. Eeeks. 20

Der Lebenszyklus des Kusses und wie wir uns (nicht) entwickeln. 26

Steh auf. Runter von der Couch. 39

Zum Beispiel mit Liebe. 47

Es ist in Ordnung, alt zu werden, älter. 55

Niemand will eine alte Braut. 61

Was ist das "richtige Alter"? 65

Selbst die Fiktion kann dir keinen Trost bringen. 69

Es ist eine Farce. 71

Wenn ich alt werde. 73

Wenn ich älter werde. 75

Ein Ehemann würde es tun. Vielen Dank, bitte. 77

Der engagierte Menschenkuss ist wie das Binden von Schnürsenkeln...81

Ich hoffe, Sie haben die Antworten. 85

Ich hoffe, du findest eine Antwort, die zu dir passt. 87

Die Welt gehört zum *Fett*. 93

Fette Bräute sind SCHÖN. 99

Du bist der BH, der BH bist du.	101
Nein, bitte, ich bevorzuge stattdessen einen Grilltoaster.	111
Was wissen Männer über BHs, Brüste? Nichts.	115
Genug. Rufen Sie den Anwalt an.	117
Wischen Sie die Wolle aus.	123
Nein, hier geht es nicht um Befreiung. Igitt.	135
Ich habe einen Hund.	137
Machen wir uns gegenseitig eine Schuldfalle.	143
Denn eine Nicht-Mama muss gehört werden.	147
Denn eine Mama muss gehört werden.	159
Sie bewahren die Geheimnisse, meistens.	173
Meine ewige Freundin.	175
Meine im Kloster ausgebildeten Freundinnen.	177
Deine beste Freundin, nennen wir sie deine BFF.	179
Spaghetti vs. Scheidung.	181
Spaghetti sind jedoch entscheidend.	185
Es tut mir leid.	187
Wir sind eingeholt.	193
Die ölige T-Zone.	197
Punkt ohne Wiederkehr. #fangwiederan.	199
Das tue ich.	203
Weiter geht's, rüber zu dir.	209

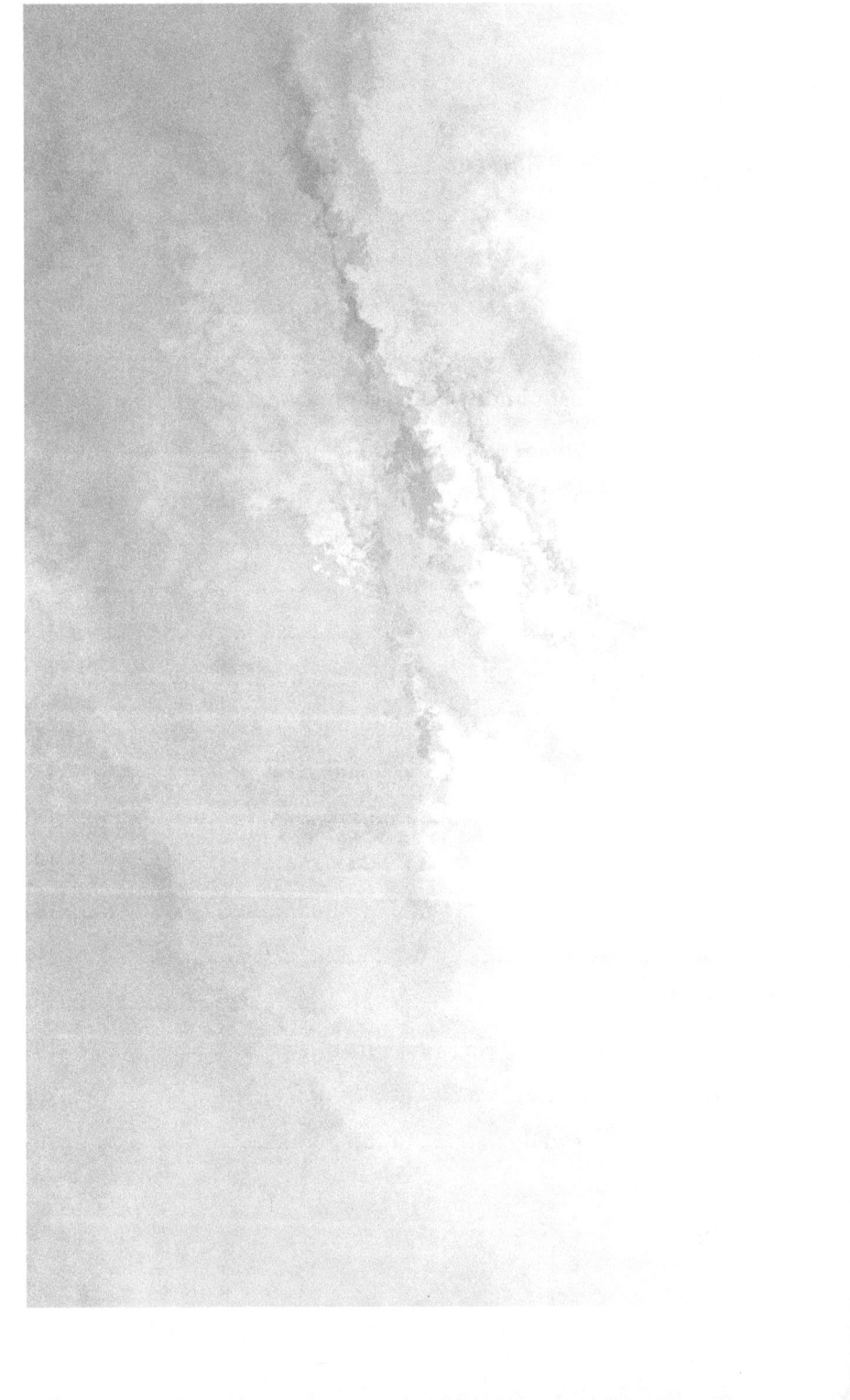

Die Jungs sind da draußen. Mist.

(Und da können wir NICHTS machen.)

DU BIST SIEBEN. Du bist schlau. Du weißt, dass die Jungs da draußen sind (Du bist schlauer, als deine Mutter und dein Vater denken). Sie sind wie überall: in Klassenzimmern, Häusern, Parks und Einkaufszentren. Sie wollen in deinen Slip, aber das weißt du noch nicht. Sie wollen deine Zöpfe ziehen, deine Süßigkeiten stehlen und schmutzige Witze über das Kacken in Hosen machen. Dagegen können Sie nichts tun. Du musst den Raum mit ihnen teilen, auf Bänken, auf Schaukeln. Du musst sie zu deinen Geburtstagsfeiern einladen. Sie werden alles ruinieren, die rosa Luftballons platzen lassen und es Spaß nennen und auch die rosa Luftschlangen verwickeln.

Du willst in Ruhe gelassen werden, schmollen in Frieden.

***

Meine Schwester und ich sind bei unserer Tante zu Hause. Wir spielen mit unseren Cousinen, 6 und 3. Meine Schwester ist die Klügste, sie ist 10. Es ist Zeit für unser Puppenhaus. Drei unserer Barbie-Puppen (Doktor Barbie, Fashion Barbie und Birthday Barbie) genießen Nachmittagstee. Es gibt einen weißen Tisch und ein Sofa mit Blumen. Neben dem Sofaset ist Ken.

SIE

„Er ist Barbies Freund", erklärt ein 13-jähriger Familienfreund, der zu Besuch ist. Sie ist die Dümmste.

Ken ist größer als Barbie und trägt ein knackiges blaues Hemd zu einer weißen Hose. „Er ist gutaussehend", sagt der dumme 13-Jährige. Kens Haare sind kurz und unwirklich. Es ist alles plastisch, klebrig, im Gegensatz zu den Barbies, die fließen und sich wie Seide anfühlen und gestylt werden können. Wir wollen Ken nicht im Puppenhaus haben. ER IST NICHT MAL EINE PUPPE! Zwischen allem, was hübsch und stilvoll ist, ist er ein schmerzender Daumen.

„Aber er hat ein schönes Lächeln", sagt der dumme 13.

Also beginnt Ken im Puppenhaus zu leben, er ist jetzt Teil deiner Spielzeit. Dagegen können Sie nichts tun. Er hat keine klare Rolle zu spielen, aber er existiert. Gelegentlich kann er Barbie ins Spa bringen oder arbeiten und sich anhören, wie ihr Tag war. Das war's.

Warum braucht Barbie einen Freund? Sie hat uns, sie hat andere Barbies.

„Er hat ein schönes Lächeln." Mist.

Ich fange an, mir Sorgen zu machen. Was ist, wenn meine Schwester Mama und Papa an ihrem Geburtstag um einen Ken bittet?

Stattdessen bittet sie um ein Duschset für Barbie. Ich bin ihr Skipper, sie und ich spielen zusammen. Sie ist die Klügste.

***

DIE JUNGS SIND DA DRAUßEN. MIST.

Die Jungs sind da draußen, aber wir brauchen sie nicht. Noch nicht. Wir haben keine Ahnung, worauf wir uns bald einlassen werden. Wir wissen nicht, dass die Jungen in unseren Raum eindringen werden, nicht nur in Parks und Schulen, sondern auch in unsere Puppenhäuser, Herzen und Leben. Wir wissen nichts.

Mein Glück ist *kurzlebig*. Meine Schwester wird erwachsen, sie heiratet. Sie findet ihren Ken. Ein paar Jahre später schließe ich auch den Bund fürs Leben. Wir wissen nichts.

Es ist ein Zauberspruch, es gibt kein Entkommen.

Die Jungs sind da draußen. Mist.

Dinge, an die wir nicht glauben.
Ausbildung.

Dinge, an die wir glauben.
Premenstrual syndrome (PMS).

Dinge, die uns daran glauben lassen wollen.
Perioden-Tracker-Apps.
Hinweis für sich selbst: Laden Sie sie
niemals herunter,
sie sind unzuverlässig.

Dinge, die uns am Laufen halten.
Viele, viele Geschichten von Freundinnen.
„Ich verstehe dich, Mädchen. Das tue ich."

Dein Po-Lauch. Eeeks.

IN DEINER SECHSTEN Klasse an einem heißen Sommernachmittag, während du von der Schule zurückkehrst.

Du gehst in den Waschraum, um dich umzuziehen, und stehst vor einer blutbefleckten Uniform. Du schreist oder schreist nicht. Überraschenderweise hast du nicht einmal Angst. Das Blut hat deinen Rock, deine Unterhose durcheinander gebracht. Aber du hast nicht das Gefühl, dass genug vergossen wurde, um dich zu töten.

Du stirbst nicht, da bist du dir sicher.
Du würdest dich erinnern, wenn du in der Schule erstochen wurdest.

Du reinigst dich, während du dich fragst, woher genau du blutest. Du kommst zu dem Schluss, dass es dein Hintern ist, also reinigst du ihn auch.

Du ziehst dir Shorts an, gehst deiner Nachmittagsroutine nach. Essen, fernsehen, Hausaufgaben machen und schlafen. Wenn Sie aufwachen, bemerken Sie, dass das darunter liegende Laken Blutflecken aufweist. Jetzt machen Sie sich Sorgen. Immer noch keine Anzeichen von Panik.

Es ist fast Zeit zum Spielen. Du musst deine Shorts, deinen Hintern und das Laken reinigen. Du wirst zu spät kommen.

DEIN PO-LAUCH. EEEKS.

Wenn Menschen sterben, spucken sie vielleicht Blut aus ihrem Mund. Ihre Hintern lecken nicht.

Gerade dann kommt Mama herein. Überraschenderweise schreit und schreit selbst sie nicht. Ihre ruhige Reaktion bestätigt, dass du die ganze Zeit Recht hattest.

Sie verrät nicht viel. Du verlangst nicht viel.

Es ist tief in dir verwurzelt, keine Neugier auf private Dinge, bestimmte Organe, einige Funktionen auszudrücken.

Ihre Stimme ist beruhigend. Sie verwendet Wörter wie normal, monatlich, routinemäßig und gewöhnlich. Du verstehst absolut nichts.

„Sag mir, ob dein Bauch schmerzt", sagt sie.

Sie holt ein Päckchen aus ihrem Schrank und übergibt dir ein gepolstertes rechteckiges Stück etwas; es sieht aus wie eine Überkreuzung aus Schaumstoff, Netz und Tuch.

Du öffnest es von den beiden Enden, entfernst das Klebeband und legst es auf deine Unterhose. Sie nennt es eine Damenbinde. Sie sagt dir auch, dass du jetzt erwachsen bist.

Sie hatte dich gestern Abend auch als Erwachsene bezeichnet, als du dein Abendessen beendet hattest. Eine Woche zuvor auch, als Sie die Mikrowelle unbeaufsichtigt benutzt hatten. Und einen Monat zuvor, als Sie angeboten hatten, auf den Markt zu gehen, um Brot, Eier und Ketchup zu holen. Sie sind verwirrt über dieses heranwachsende Geschäft.

Das Etwas sitzt jetzt zwischen deinen haarigen Beinen. Es fühlt sich an wie eine Matratze. Es wird in das Blut eindringen. BLUT! Warum blutest du?

Du fühlst dich unwohl und bewegst deine Beine. Mama kümmert sich um die Bettwäsche.

„Ich werde das etwas wegwerfen und zurückkommen und es tragen!", sagst du Mama.

Sie kann nicht erwarten, dass du mit dieser Füllung Rad fährst!

„Nein!"

Das ist nicht die schlechteste Nachricht des Tages. Das kommt noch.

Ein paar Minuten später beginnt dein Magen zu knurren, es fühlt sich an wie ein Kissen.

Nachts sitzt man mit einer Wärmflasche auf dem Bett.

„Man muss es überall tragen - in der Schule, auf dem Spielplatz und zu Hause. Für die nächsten fünf Tage." Sie sind informiert.

Du bist untröstlich, unbehaglich und verwirrt. Du hast Schmerzen.

Warum gibt es keine Antworten auf Ihre Fragen?

Moment. Du weißt nicht einmal, was du fragen sollst.

DEIN PO-LAUCH. EEEKS.

Ein paar Stunden vergehen und Mama ist zurück, diesmal erinnert sie dich daran, die alte Matratze durch eine neue zu ersetzen. Die Packung wird nun in Ihren Schrank gelegt.

Du bist angewidert. Tut weh.

Mama umarmt dich: „Alles wird gut."

Aber warum blutest du?

Ertrage den Schmerz, trage dieses Etwas.

Fünf Tage lang, jeden Monat.

Mama macht wohl Witze. Du umarmst sie zurück.

Am nächsten Tag in der Schule teilst du Mamas Witz mit deinen Freundinnen.

Du weißt nur, dass Jungs nichts davon wissen können. Du weißt es einfach.

Ich bin unten. Früh am Morgen, Mann.

Der Magen begann vor zwei Tagen zu schmerzen, also sollte ich morgen unten sein.

Hey, hast du ein Pad dabei?

Bin unten...deshalb kann ich mich nicht konzentrieren!

Und ich bin heute in weißen Hosen, was für ein Timing!!!

Schmerzmittel. Wärmflasche. Suppe. Fertig.

Sie benötigen einen kleinen batteriebetriebenen Lüfter. Alle alten Frauen in den Wechseljahren haben.

(Wörtlich aus WhatsApp-Gesprächen mit Freundinnen kopiert und eingefügt)

Es gibt Sympathie, Lachen. Auch Fragen. Aber keine Antworten.

Eines der Mädchen lehnt den Witz jedoch ab und gibt ihm einen Namen:

SIE

Perioden.
Du bist jetzt erwachsen.

Erwachsene bluten.

Du verbringst die nächsten Monate in Verleugnung, in der Hoffnung, dass es aufhören würde. Es hört nicht auf.

Wenn dies der Fall ist, musst du auf unnatürliche Weise deine Unterhose vor einem völlig Fremden ausziehen und sie (oder ihn) einen Blick darauf werfen und sie reparieren lassen. Wenn es das tut, bedeutet das natürlich, dass du ungezogen warst, DU BIST PREGGERS!

Wenn es stoppt und keinen Alarm auslöst, bedeutet das, dass Ihr Vajayjay zu ALT ist! Deine Zeit ist abgelaufen. Du kannst das Garagengemälde jetzt nicht bekommen.

Sie können es kaum erwarten, dass „Life" die Pause-Taste drückt. Sie wissen nichts über das Trauma, den natürlichen Prozess, der als Menopause bezeichnet wird. Du bist vor Grundwissen geschützt und die Welt hat ihm auch einen Namen gegeben, Tabu.

Liebe.
Objekte im Spiegel sind näher, als sie erscheinen.
(Liest einen Aufkleber auf der Seitenscheibe eines Autos.)

Der Lebenszyklus des Kusses und wie wir uns (nicht) entwickeln.

KLEINE MÄDCHEN HABEN keinen Einwand (viel) dagegen, von Küssen erstickt zu werden. (Kleine Jungen sind anders, man zeigt ihnen eher keine Zuneigung mit nassen Küssen, engen Umarmungen.) Wenn wir vier oder vielleicht fünf Jahre alt sind, sind wir in der Lage, Küsse auf die Wangen von Bekanntem und Unbekanntem zu pflanzen, wann immer wir gefragt werden, und auch unsere Wangen für die Tat anzubieten. Und das kann recht früh und gefährlich dazu führen, dass wir glauben, dass wir viel, wenn nicht alles über das Küssen wissen. Abgesehen davon, dass wir den wahren Deal nicht ganz kennen und es unwahrscheinlich ist, dass wir es in naher Zukunft auch wissen werden.

Erinnerst du dich an deinen ersten Kuss? Weißt du, der zwischen dir und ihm? Natürlich nicht. Denn es geschah zu einer Zeit, als du keine Ahnung davon hattest, warum, was und wie. Im Kindergarten, wenn es als süß gilt, Witze darüber zu machen, wie ein bestimmtes Kleinkind mit einem bestimmten Kleinkind aussieht, werden wir ermutigt, unsere Zuneigung mit einem

Dies ist nicht der Ort, um über Zustimmung oder Inzest zu sprechen, wir werden das respektieren und schnell zu anderen Details unseres kleinen Lebens übergehen.

DER LEBENSZYKLUS DES KUSSES UND WIE WIR UNS (NICHT) ENTWICKELN.

Kuss auszudrücken; 100 Bilder werden angeklickt, um den Moment zu dokumentieren. Also dann, ja, vielleicht war dein erster Kuss mit einem Spielschulkameraden, der eine laufende Nase hatte und ein grünes T-Shirt trug, auf dem stand: „Ich bin Papas Junge". Genau dort, vor all deinen Klassenkameraden, Lehrern und Eltern, hättest du dich geküsst, ein Moment, der für die Nachwelt eingefangen worden wäre. *Erinnerst du dich an ihn, seinen Namen oder weißt du, ob er jetzt besser küsst?* Nein? Fühle dich nicht schuldig, wenn du dich nicht an deinen AWW-Moment erinnerst. Entferne die alten Polaroids; dort findest du deinen ersten Kuss, versteckt in einem zerfetzten Umschlag oder Album.

Oh, der Besondere, der Erste, der Vergessene.

Du und laufende Nase im Baum sitzend,
K-Ü-S-S-E-N.
Zuerst kommt die Liebe.
Dann kommt die Ehe.
Dann kommt das Baby in den Kinderwagen,
Daumenlutschen,
Sich in die Hose machen,
Hula tanzen, Hula tanzen!

„Wie soll uns das Küssen fühlen lassen?
Ich habe keine Ahnung."

Moment. Wie soll uns das Küssen fühlen lassen? Du und ich Wir haben keine Ahnung.

Natürlich hilft es nicht, erwachsen zu werden. Wann hat es das jemals gegeben? Fünf, zwanzig oder vierzig, wir lernen nur wenig.

SIE

Wenn uns Mütter und Väter guten Morgen und gute Nacht küssen, erwähnen sie nicht den Kuss, der zwischen dem Prinzen und der Prinzessin geteilt wird. Märchen enden mit einem Kuss „Sie lebten glücklich bis ans Ende ihrer Tage". Wir wissen auch nichts über die Küsse der Verheirateten. Die älteren Mädchen in der Schule kichern, wenn sie davon sprechen. Wir sind zu jung, um ihr Gespräch wahrzunehmen, wird uns gesagt. Wir stehen auch vor dem Unglück, in einen Raum zu gehen und unsere älteren Geschwister beim Küssen zu entdecken! Wir beobachten erstaunt und dann, wenn wir erwischt werden, schreien wir aus Angst. Uns wird gedroht: „Sag es Mama nicht."

Dreizehn: Das weitere Erwachsenwerden trägt nur zur Verwirrung, Verlegenheit oder beidem bei. Was haben Sie sonst noch erwartet?

Im Schulbus parkt ein Junge mit Akne, der seinen jungen Bart maskiert und sein Hemd lose aus seiner Hose hängt, es auf unserer rechten Wange. In einem stickigen Coaching-Kurs, zwischen dem Verständnis der Trigonometrie, pflanzt ein Typ in verblassten Streckenfarben und einem Rucksack mit zufälligen Abzeichen ihn heimlich auf unsere Hand. In einem Internet-Chatroom schickt ein „koketter, cooler, gutaussehender 16er" Lippen-Lookalike-Emojis an unser Fenster. An einem gemütlichen Schulcampingabend schleicht sich ein Typ in einem Kapuzenpullover mit einer Zigarette in der Hand ins Zelt, als sich zwei unerfahrene Lippen treffen. An einem Filmtermin in einem halb leeren Theater etabliert es uns als die Heldin des Films.

Die meisten romantischen Romane, die wir während unserer Teenagerjahre konsumieren, deuten darauf hin, dass wir die Antwort auf die Frage INZWISCHEN haben sollten. Wir sind Teenager. Wir sollten Antworten auf alles haben. Stimmt's? Nur dass wir es nicht tun.

DER LEBENSZYKLUS DES KUSSES UND WIE WIR UNS (NICHT)
ENTWICKELN.

"Wie soll uns das Küssen fühlen lassen?"

Wie sollen wir uns fühlen? Aufgewachsen, wie unsere älteren Cousins? Oder schämen Sie sich und verstecken sich unter den Laken? Sollte es unsere Herzen unkontrolliert flattern lassen oder uns erröten lassen, wie frische Erdbeeren?

Wir haben keine verdammte Idee.

Fünfzehn: Inzwischen erkennen die Klügeren unter uns, dass Küssen definitiv mehr ist als eine dumme, ehrlichste und natürlichste Art, Liebe auszudrücken.

Auf der Terrasse. Während des Höhepunkts eines Films. Hinter dem großen Globus in der Bibliothek. Auf den Seiten von Mills & Boon. Bei Hochzeiten. In Filmen.

Durch die Auditorien der Schule zu schnüffeln und die Lippen hinter den Bühnenvorhängen zu verriegeln, verstärkt nur die Neugier. Wir lernen auch den französischen Kuss kennen. Es klingt exotisch. Ohne die Wendungen der Zunge und den Austausch des Speichels zu kennen, versprechen wir, dass wir einen Jungen küssen würden, einen französischen Kuss. Außerdem lernen wir, dass wir unsere Augen schließen sollen, während wir uns küssen. Unsere Tage werden mit gedämpften Erzählungen gefüllt, die sich um Filmszenen drehen, in denen die Schauspielerin die Augen schließt und die Füße in die Luft hebt. Wir fangen an zu imitieren, wir träumen.

Wir erhalten jedoch keine echten, wertvollen Informationen. Während jeder etwas weiß, weiß keiner von uns alles.

SIE

Bald haben wir das magische Alter erreicht, aah, wir sind sechzehn.

Wir sind unbewaffnet und untrainiert, wenn wir uns schüchtern fühlen, wenn wir geküsst werden, und wenn wir nein sagen, wenn wir nicht geküsst werden wollen, werden wir diese Debatte vermeiden. IMMER NOCH! Es ist trotzdem spannend.

Unvollendete Beschreibungen reichen aus, um uns an alles glauben zu lassen. Es ist die Magie, 16 zu sein.

Achtzehn.

Mit dem College kommt eine neue Dimension zum ganzen Konzept des Küssens. Keine Küsse mehr auf den Hinterbänken oder bei sportlichen Tagesübungen. Es ist zu kitschig. Eine Vollmondnacht am Strand oder eine Nicht-Mondnacht neben dem Lagerfeuer würde ausreichen. Es ist Zeit, sich von halbgaren Romanzen zu verabschieden. Es ist Zeit, den Kuss als das zu schmecken, was er ist. Es ist Zeit, in einer Beziehung zu sein. In der Tat ist es OBLIGATORISCH, in einem zu sein. Wir lassen nicht nur die Schuluniformen los, sondern auch unsere Hemmungen.

Lange Spaziergänge in den Nachbarschaftsgassen, in denen der Laternenpfahl schwankt, würden die Stimmung bestimmen. Bunking-Kurse und das Sitzen auf der Treppe hinter dem Chemielabor sahen nicht weniger aus als in einem Ferienhaus. Gespräche über einen Teller mit öligen Nudeln aus der College-Kantine bestimmten den Geschmack. Wir verliebten uns in „Liebe", begeistert von der Idee, dass ein Kuss eine Antwort auf alles sein könnte. Nur wir beide, die wir nebeneinander sitzen, starren in unsere Bücher und pflanzen uns liebevoll ein oder zwei Küsse auf die Wangen, lassen unsere Augen und Hände aufeinandertreffen. Gebrochene Herzen wurden durch Küsse geheilt, die

DER LEBENSZYKLUS DES KUSSES UND WIE WIR UNS (NICHT) ENTWICKELN.

um unschuldige Vergebung, mehr Chancen und lebenslange Versprechen baten. Jede Art von Schmerz und Verletzung würde mit einem Kuss verschwinden. Schlechte Prüfungsergebnisse sahen im Lichte eines Kusses heller aus, ließen uns manchmal alles vergessen und drängten uns manchmal, härter zu arbeiten. Schlechte Haartage verblassten im Schatten eines Kusses.

Es passiert viel über die College-Küsse; zukünftige Berufsentscheidungen und strenge Eltern werden besprochen, Teilzeitjobs und Make-up werden aufgetragen, Käseburger und Ängste werden geteilt, erste Handys und Zigaretten werden gekauft, Aufnahmeformulare und Kraftstofftanks werden gefüllt.

Wir werden klüger (zumindest denken wir das). Aus Weisheit oder Scham oder Gruppendruck stellen wir fest, dass der Kuss jetzt zu alltäglich ist (oder zumindest inzwischen sein sollte) und nicht mehr darüber gesprochen werden muss. Immerhin sind wir 18!

Die Diskussion über OMG-Momente bringt uns in die richtige Position und wir wollen nicht als Verlierer bekannt sein, der immer noch von den K.I.S.S besessen ist, während die Klügeren zu S.E.X. übergegangen sind. Und hier hilft Poesie, wir kritzeln Liebesworte hinter Romane oder schreiben lange Tagebucheinträge in Notizbücher, die wir in unseren Schränken verstecken. Und während wir die obsessive Diskussion freiwillig und unfreiwillig loslassen, übernehmen die Jungs, die inzwischen Jungs oder Männer heißen wollen. Sie widmen ihre Zeit dem Aufblähen ihrer Männlichkeit in ihren Kreisen, Nuggets solcher Gespräche erreichen uns oft, aber unsere brennenden Reaktionen verblassen im Licht der Küsse.

Ich werde dich zu einem Kaffeekuss einladen. Der Valentinstagskuss. Der Give-me-one-on-the-phone-Kuss. Let's bunk class for the movies kiss. Die neue

SIE

Frisur und der Kleiderkuss. Lassen Sie' s nach dem Buch in der Buchhandlung Kiss suchen. Der erste Fahrkuss. Der Kiss Day Kiss.

Wir wollen keine Trickküsse mehr, die absichtlich für den Austausch von Literaturnotizen oder Tanzpartyeinladungen geplant sind. Jetzt zu küssen bedeutet, den baldigen Kuss zu beobachten, um ihn in etwas, etwas zu übersetzen. So sieht Weisheit aus, soll sie sein. Bis wir natürlich wieder anfangen, Dinge zu vermasseln.

In den Zwanzigern wird das Alter, in dem man in Versuchungen gerät, obligatorisch. Das Alter, in dem wir beginnen, alles zu lernen und zu verlernen, von dem wir bisher angenommen haben, dass wir es wissen. Wir hören einfach nicht auf, dumm zu sein.

In betrunkenen Nächten über unzählige Kosmopoliten küssen wir uns, als gäbe es kein Morgen. Natürlich haben wir inzwischen aufeinanderfolgende Episoden von *Sex and the City* konsumiert und gelernt, dass ein Mädchen trinken muss, was ein Mädchen trinken muss.

Es gibt kein Richtig oder Falsch. Es gibt keine Fristen und Hemmungen. Es gibt keine Befürchtungen, dass die biologische Uhr tickt oder eine graue Mähne auftaucht. Auch die Haut braucht nicht viel Arbeit. Die Kleidung definiert uns nicht, wir definieren sie. Verblasste und zerrissene Denims und T-Shirts funktionieren genauso wie Pyjamas und kurze Röcke. Es ist das Zeitalter, um die Liebe zu erforschen, junge Liebe; rein, frisch und belebend. Es ist das Zeitalter, in dem man Fehler macht, ohne sich über die Konsequenzen Gedanken zu machen. Also küssen wir uns furchtlos, schüchtern, schelmisch, listig und liebevoll. Wir machen Fehler; wir küssen den Kuss, der schlecht schmeckt, und auch den, der einen schlechten Geschmack hinterlässt.

DER LEBENSZYKLUS DES KUSSES UND WIE WIR UNS (NICHT)
ENTWICKELN.

Wir müssen Fehler machen, das können und sollten wir nicht vermeiden. Wir küssen die falschen Leute zur falschen Zeit und am falschen Ort. Denn es gibt keine Abkürzung zum ewigen Kuss, was wir wahrscheinlich viel später lernen werden.

Ein erwachsener Kuss mit einem fairen, sechs Fuß großen Mann. Er schwitzt stark, mit bleibenden Perlen auf der Stirn und Halbmondflecken unter den Achseln. Er fährt ein kraftvolles Bike, und er und du fahren mitten in der Nacht lange Touren. Deine Liebe währt ein paar Wochen. Du kannst nicht sagen, warum du dich in ihn verliebt hast oder warum du herausgefallen bist, aber enttäuschend wäre es, dass du ihn nie vergessen könntest.

Denn er war der erste, den du geküsst hast, weil er wusste, was es bedeutete, zu küssen. Du fühltest dich mächtig, unter Kontrolle.

In einer Übernachtungsnacht bei einem Freund mit der Bande gingst du sicher davon aus, dass niemand hören oder erraten konnte, dass du dich unter den Laken küsst.

Der Kuss, der eine ahnungslose Haltung, sorglose Jugend, vielleicht auch Unabhängigkeit buchstabierte. Ein harmloser Kuss, er stank nicht nach zukünftigen Versprechungen oder höhnischen Blicken.

In den 20er Jahren, wenn wir uns küssen, tun wir es weniger für ihn, mehr für uns. Und wenn die Dinge auseinander fallen, fühlen wir uns auch nicht schrecklich. Wir küssen uns und ziehen weiter.

Es ist eine schöne Zeit, um dabei zu sein.

Von hier aus wird es besser (oder schlechter).

SIE

Fünfundzwanzig: Zeit, ein weiteres Kapitel zu schreiben, den Kuss am Arbeitsplatz.

Wir küssen uns hinter dem Wasserkühler und sind uns bewusst, dass wir das Zentrum des saftigen Klatsches bei der Arbeit werden würden. Wir werden als Junior bezeichnet, der alles für einen Pflaumenauftrag tun würde. Wir werden der Favorit des Chefs, bis er einen neuen Favoriten findet. Manchmal bricht es uns das Herz, manchmal macht es uns stärker.

Wir sammeln zweifellos Berufserfahrung; die anderen Junioren mögen uns natürlich nicht. Wir lassen sie denken, dass wir kein Talent haben und deshalb müssen wir uns so tief bücken. Wenn wir aus einer Nicht-Metropole kommen, werden wir als das kleine Stadtmädchen bezeichnet, das nicht in der Lage ist, mit der kosmopolitischen Kultur umzugehen; wenn nicht, sind wir viel zu modern für unsere Zeit.

Wir sind an einem glücklichen Ort; wir glauben, dass wir etwas Besonderes sind, manchmal scheuen wir uns, manchmal fühlen wir uns bei Arbeitsbesprechungen übermäßig zuversichtlich und gehen davon aus, dass wir unversehrt herauskommen würden.

Einige denken, dass wir die Tricks des Handels lernen; die Wahrheit ist, dass wir sowohl in der Karriere als auch in Beziehungen verloren sind. Wir sind unglaublich verwirrt. Schlimmer noch, einige von uns verlieben sich in den Senior, den Chef, den Kollegen. Und sich bei der Arbeit zu verlieben, ist nie eine gute Idee, das würde Ihnen jeder sagen, denn wenn es endet, bricht es das Herz und beschädigt den Lebenslauf. Aber bis es so weitergeht, hält es uns am Laufen und ermutigt uns, jeden Morgen aufzuwachen und uns den Gerüchten, Misserfolgen, der Politik und dem Druck zu stellen.

DER LEBENSZYKLUS DES KUSSES UND WIE WIR UNS (NICHT)
ENTWICKELN.

Natürlich beginnt unser kleines Herz mit der Zeit beschädigt zu werden, unsere dummen Augen beginnen, sich eine Zukunft vorzustellen. Es gibt einfach kein Entkommen. Wie viel kann das Herz auch aufnehmen?

Wir befinden uns gefährlich nahe daran zu denken, dass eine bestimmte Person die Liebe unseres Lebens sein könnte, und es gibt uns den Mut, der „Mann" in der Beziehung zu sein. Wir möchten, dass dies klappt, und wir würden alles tun, um dies zu erreichen.

Auf der Tanzfläche, gefährlich dicht tanzend, so dass unsere Wangen bürsten. Unkontrolliert schluchzend, was darauf hindeutet, wie nur ein Kuss dem Elend ein Ende setzen kann. Schlüpfen Sie in kussverleihende Oberteile und Kleider, die zur richtigen Zeit von der Schulter fallen. Er sitzt furchtbar nah bei ihm, während er fernsieht.

Das war's. Es steckt viel Hoffnung und Verheißung in diesem Kuss.

Nur dass es das nicht ist.
Müde, satt. Wir beginnen uns zu fragen, was mit dem Seal-it-with-a-kiss passiert ist.

Dreißig. Oder weniger. Oder mehr.

Zieh deine Socken hoch und warf dich nicht mehr auf Männer, wird uns gesagt. Du kannst nicht in einem heiratsfähigen Alter sein und Küsse mit dem Bekannten, Unbekannten austauschen. Sparen Sie sich für den zukünftigen Bräutigam.

Beschriftet, gequetscht und befragt lesen wir zwischen den Zeilen; hinter jedem Kuss steht ein Motiv, ein Etikett, eine Frage, eine Angst,

SIE

eine Hoffnung, ein Versprechen und ein Traum. Der einfache, demütige Ausdruck von Zuneigung wird in Schattierungen aller Art drapiert.

Wie manövrieren wir uns durch all das?

~~„Du und ich~~ „Wir haben keine Ahnung."

Wir schwanken und passen uns an.
Wir beginnen uns als Person zu verändern oder lassen uns von jedem Mann, den wir küssen, verändern.
Am Ende merken wir, dass wir angefangen haben, die Einfachheit des Ganzen zu verpassen. Wir blicken zurück.
Du und laufende Nase im Baum sitzend,
K-I-S-S-I-N-G.
Zuerst kommt die Liebe.
Dann kommt die Ehe.
Dann kommt das Baby in den Kinderwagen,
Daumenlutschen,
Sich in die Hose machen,
Hula tanzen, Hula tanzen!

„Wie soll uns das Küssen fühlen lassen?
Ich habe keine Ahnung."
Wann und wo endet es?

~~Du und ich~~ Wir haben keine Ahnung.

Sexy Versuchungen, falsche

Wir stehen unter großem Druck, uns zu küssen, oder? Kreuzen Sie ein paar Kästchen in den Quizfragen an, die die Zeitschriften tragen, und Sie werden von Angesicht zu Angesicht mit Ihrem armen Kuss-Selbst konfrontiert. Niemand lehrt uns, wie man küsst, wir lernen es selbst, wie Spucken.

DER LEBENSZYKLUS DES KUSSES UND WIE WIR UNS (NICHT) ENTWICKELN.

Entscheidungen, „wahre" Liebe, Karriereschritte, hoffnungslose Hoffnungen oder verzweifelte Maßnahmen.

Es endet nicht; das Lernen oder die Jagd.

Und dann sagt uns jemand, dass es in Ordnung ist, wir werden in Ordnung sein, bald.

Du wirst den „ihn" treffen. Das „Er", bei dem es nicht um lustvolle, alberne Küsse geht, sondern um den Kuss, der Pflege, Respekt und ein glückliches Leben danach bedeutet.

„Es wird ihm gut gehen und er wird sich freuen, dich liebevoll auf die Stirn geküsst zu haben!" Das wird uns gesagt.

Der Kuss, der Kuss auf die Stirn? War es nicht der Ort, an dem alles begann? Der Gute-Nacht-Kuss, den Mama auf unsere Stirn gepflanzt hat, um die Haare in einem Pferdeschwanz zurückzudrängen?

Vielleicht war (ist!) ein Kuss doch die ehrlichste und natürlichste Art, Liebe auszudrücken.

Gibt es jetzt eine Zukunft?

„Natürlich. Ich kann jedoch nur hoffen, dass du gelitten und hart genug gearbeitet hast, um dies zu verdienen! Ah, der Kuss auf die Stirn."

Wir sind wieder am Start.

SIE

Erinnerst du dich an deine jungen Küsse? Haben Sie den Mut, das Stundenglas umzudrehen und über diejenigen zu lachen, die Sie in Verlegenheit gebracht haben, oder über diejenigen zu schluchzen, die Ihnen das Herz gebrochen haben? Wir alle haben schlechte Kussgeschichten zu erzählen, die mit einer Handvoll guter und unvergesslicher Geschichten durchsetzt sind. Ja, wer auch immer dir gesagt hat, dass es nichts Besseres gibt als einen schlechten Kuss, hat dir ins Gesicht gelogen.

Steh auf. Runter von der Couch.

SIE MÜSSEN IHN finden.

Ihn, ewiges Glück.

Jeder scheint zu wissen, dass das Leben eines Mädchens in zwei Teile geteilt ist: den unbedeutenden Teil, bevor sie ihn trifft, und den bedeutenden Teil, nachdem sie ihn getroffen hat, den entscheidenden Moment zwischen den beiden, nämlich die Ehe. Und obwohl niemand eine Ahnung von seinem Verbleib hat, geben sie Sicherheit über seine Existenz: ein exklusiver Mann für diese exklusive, vielversprechende und exklusive Art von Märchenglück.

Er ist ein Rätsel und du musst ihn finden.

Wie stehen die Chancen? Ich weiß es nicht. Seine Rolle ist es, aus dem Nichts zu erscheinen und seine Magie auf dein wertloses Single-Leben zu werfen. Ihre Aufgabe ist es, alle Ihre Energien auf die Suche nach ihm zu konzentrieren, besonders wenn Sie schnell auf die Überschreitung der Grenze des heiratsfähigen Alters, des richtigen Alters, zusteuern.*

Wenn nicht jetzt, WANN dann?

Also, lasst uns ihn JETZT finden.

SIE

Lassen Sie uns zur besseren Übersichtlichkeit die Hilfe von Aufzählungspunkten verwenden.
- ➤ Wo fangen Sie an zu suchen?
- ➤ Werden die Heiratsportale helfen?
- ➤ Werden sich die alleinstehenden Freunde deiner verheirateten Freunde für dich interessieren?
- ➤ Verbringst du genug Zeit damit, nach ihm zu „suchen"?
- ➤ Sind Sie übermäßig kritisch und wählerisch?
- ➤ Lassen Sie sich von anderen helfen, ihn zu finden? Für die Damen in der Nachbarschaft und die Familie konnte gesorgt werden.

Es wird nicht so einfach sein, wie Sie denken. Es geht nicht darum, sich zu verlieben.

Mädchen, wir suchen nach einem Ehemann. Deine „Freund-Zeit" ist vorbei. Werde erwachsen.

Verabschieden Sie sich: Hippie, der Gitarre spielt, Zahnarzt, der Ihnen in die Augen schaut, Nachbar, der Fahrrad fährt, Kollege, der den Stuhl für Sie zieht.

Sag hallo: Ehemann.

Lassen Sie sich außerdem nicht von schönen Uhren, funkelnden Schuhen, sauberen Nägeln und anständigen Manieren verwirren. Wir suchen nach einem Ehemann, nicht nach einem Gentleman.

In den meisten Fällen werden Profile von den Eltern des Interessenten erstellt. Die Chancen, dass ein Kandidat die zukünftigen Schwiegereltern „virtuell datiert", sind nicht zu vermeiden.

STEH AUF. RUNTER VON DER COUCH.

Beginnen wir mit Eheschließungsanzeigen in Zeitungen. Jedes Haus sucht ein faires, klösterlich gebildetes Mädchen mit 20 Jahren.

Hinweis für diejenigen, die das Bildungssystem ruinieren: Wir müssen mehr Klöster eröffnen. Ansonsten sind viele Männer wahrscheinlich immer noch Single und verursachen Chaos.
Papiere sterben. Ich bin ein Printjournalist mit 16 Jahren Erfahrung, der am längsten keine Gehaltserhöhung gesehen hat, weil natürlich Papiere sterben; so sagt meine Personalabteilung und ich haben Vertrauen in *das*. Also ja, wenn Papiere nicht zur Verfügung gestellt werden (für sich selbst und Dritte), gehen Sie zu his.com. Ein Ort, an dem Frauen zögern, ihre Profilbilder zu veröffentlichen und fiktive Benutzernamen zu verwenden. Männer, sie zeigen alles, sie glauben nicht an Datenschutz- und Sicherheitseinstellungen.

Kreuzen Sie die Kästchen an. Sobald Ihr Profil erstellt ist, müssen Sie schwierige Entscheidungen treffen. Wenn Sie jedes zweite Kästchen ankreuzen, ist eine ernsthafte Introspektion erforderlich. Und wir alle wissen, dass MCQs (Multiple-Choice-Fragen) scheiße sind.

Trinkst du?
1. Meistens ☐
2. Normalerweise ☐
3. Selten ☐
4. Regelmäßig ☐

Wählen Sie sorgfältig aus. Es wird bestimmt, ob du zu einem nüchternen, beschwipsten oder alkoholkranken Ehepartner nach Hause kommst. Das Denken in Kisten hilft dabei, die Auswahl einzugrenzen. Ja, Kategorien erleichtern den Prozess, sind aber nicht immer ideal. Was ist, wenn ein Fleischesser romantischer ist als der Brokkoliesser? Was wäre, wenn Sie auf

SIE

der Suche nach einem 29-Jährigen (Alter des Bräutigams: zwischen 25 und 29 Jahren) wären und ein wunderschönes Plus von 29 ½ Jahren verpasst hätten?

Überprüfen Sie die Kriterien. Hobbys, Wohnort, etc. Nicht die. Aber auch andere wichtige wie „Profile nur mit Fotos anzeigen." Du willst keinen schüchternen Bräutigam.

Seien Sie nicht überrascht, wenn zu viele Profile Ihren Kriterien entsprechen. Oder wenn Profile, die denken, dass sie nicht einmal dein „Typ" sind, viel Zeit damit verbringen, dir zu folgen. Der Schuh ist vielleicht nicht in Ihrer Größe erhältlich, aber dann ist es ein hübscher Schuh.

Darüber hinaus lassen Sie (die Eltern übernehmen gerne die Verantwortung) nichts unversucht. Für Pakete, die zwischen einigen Tausend und Hunderttausend liegen, können Ehegattengesellschaften Kopien von gedruckten Lebensläufen (die Pflege des Planeten kann warten) der potenziellen und gedruckten Kopien ihrer Fotos (Pass- und Postkartengröße) vor die Haustür liefern. Wenige Monate und Jahre später haben auch Sie (Eltern) genügend Daten, um ein ähnliches Unternehmen zu gründen. Es werden Folgeanrufe an den Kunden getätigt, um zu überprüfen, ob sich die Dateien als nützlich erwiesen haben, auch Vorschläge sind willkommen. Passfotos sind die schlechtesten Bilder des Loses! Wie umwerben Sie den potenziellen Kunden, der so aussieht?

Ich gebe Ihnen einen Moment Zeit, um sich Ihr zuletzt angeklicktes Passbild anzusehen. Bravehearts, hier könnt ihr euer Bild einfügen.

STEH AUF. RUNTER VON DER COUCH.

Wie siehst du aus?
Wir machen weiter.

Gib nicht auf. Mach weiter. (Deine Eltern sind harte Spieler.)

Andere einbeziehen. Es geht nicht um dich, lass dich davon nicht verwirren. Es geht um uns alle. Und wir sind hier, um zu helfen. Die Suche nach einem Ehemann ist keine private Angelegenheit, Liebes (Gibt es hier noch jemanden, der das Wort „lieb" verabscheut?). Es ist eine öffentliche Veranstaltung, die geprüft werden muss. Jeder muss versichern, dass er dich verdient, er kann für ein „glückliches Danach" sorgen.

Eigentlich, lassen Sie sie ihre Arbeit machen. Was Sie betrifft, lassen Sie sich in der Zwischenzeit auch an diesen Orten sehen. Aufzählungspunkte helfen wieder einmal.

> Sie gehören zur Kaffee-Generation. Sie leben in einer Welt, in der jede andere Marke möchte, dass Sie glauben, dass beim Kaffee viel passieren kann. Wenn Sie keinen Kaffee trinken, bestellen Sie ihn, brauen Sie ihn oder verschütten Sie ihn. Oder darüber nachzudenken. Du liebst Kaffee. Das tut er auch. Sie treffen ihn bei einer heißen Tasse Cappuccino mit schaumigem Herzen. Sexy.
> World Wide Web. Umarme es. Es ist keine Schande, Hilfe von Social-Media-Kanälen, Video-Sharing-Portalen und Musik-Download-Plattformen zu suchen. Vergessen Sie Tinder (ja, ich habe diese App im Buch ignoriert, ich habe sie nicht auf meinem Smartphone. Ich bin zu alt, um Liebhaber zu finden, die in der Nähe bleiben. Ich bin glücklich damit, stattdessen nach Burgern zu suchen, aber hey du, pass dich an, entdecke), lade auch Shazam und Uber herunter.
> Bars, Pubs und Lounges. Büros, Kinos, Einkaufszentren. Hochzeiten,

SIE

- Beerdigungen, Abschiede.
- Meet-up-Gruppen mit suggestiven, klaren Titeln: Dreißig & Single. Auf der Suche nach einem Begleiter. Immer noch Single, aber bereit, sich zu vermischen.
- Vorstellungsgespräche. Zwei einsame Kandidaten warten im Empfangsbereich. So süß.
- Banken. Sie werden überrascht sein, wie viele Menschen diese jeden Tag besuchen.
- Im Freien. Balkone, Terrassen inklusive.

Verstehst du den Drift? Okay, also lasst uns jetzt tiefer gehen, sollen wir? Nein, nicht bei frivolen Dingen wie Kompatibilität und Berufswahl.

Ein entwöhnendes Gehirnwäsche-Programm ist das, was Sie brauchen. Rom-Coms haben uns mehr geschadet, als wir jemals wissen werden. Du magst es so SEHR, Blumen zu bekommen, dass er nicht so gerne Blumen schenkt. Verstehst du nicht? Warum kannst du es nicht bekommen?

Wenn Ehen im Himmel geschlossen werden, warum lässt man dann das Schicksal nicht seine Arbeit tun? Warum sollten Sie stundenlang Profile scannen? Oder warum solltest du mit all den falschen Männern ausgehen, denen deine Freunde dich vorstellen?**

Oder warum sollte Ihre Mutter den zukünftigen Bräutigam in Ihrer Nähe planen?

Warum sollten Sie sich die ganze Mühe machen? Sollte er

Egal, wen du nach ein paar Jahren heiratest, sie werden alle zu Repliken voneinander: Sie weigern sich tagelang, sich zu rasieren, vergessen, ihre Mütter anzurufen (vorausgesetzt, du tust es für ihn) und schlafen mit dem Fernseher.

STEH AUF. RUNTER VON DER COUCH.

nicht auch nach dir suchen?
Oder vielleicht ist er es, oder? Aww.
PS: Meine Schwester war für die Erstellung eines Profils für mich auf his.com verantwortlich. Sie hat gute Arbeit geleistet, um (mich) unter 150 Wörtern zusammenzufassen. Sie ließ mich wie einen Fang klingen, eine limitierte Auflage. Das Passwort für den Zugriff auf mein Konto lautete: „Balle Balle", eine Phrase in Punjabi (einer regionalen indischen Sprache), die verwendet wurde, um ein Glücksgefühl darzustellen, wie „Hurray" auf Englisch. Nun, nur wenn Sie die Emotion hinter diesem Passwort verstehen könnten.

Mehrere Forschungsprojekte weisen darauf hin, dass die meisten Paare nach einigen Jahren anfangen, auch so auszusehen und sich so zu verhalten. „Wie Geschwister." Auf einer anderen Seite habe ich kürzlich eine WhatsApp erhalten, bei der sich Haustiere und Besitzer ähneln. Ich entscheide immer noch, was besser ist: wie Ihr Hund oder Partner auszusehen.

*Mehr zum „richtigen Alter" finden Sie auf Seite 65.
**Mehr über Ex-Freunde findest du auf Seite 47. Falsche Männer, sich selbst, sind überall zu finden. Frauen auch. Komm schon, lass uns nicht in einen Geschlechterkampf geraten.

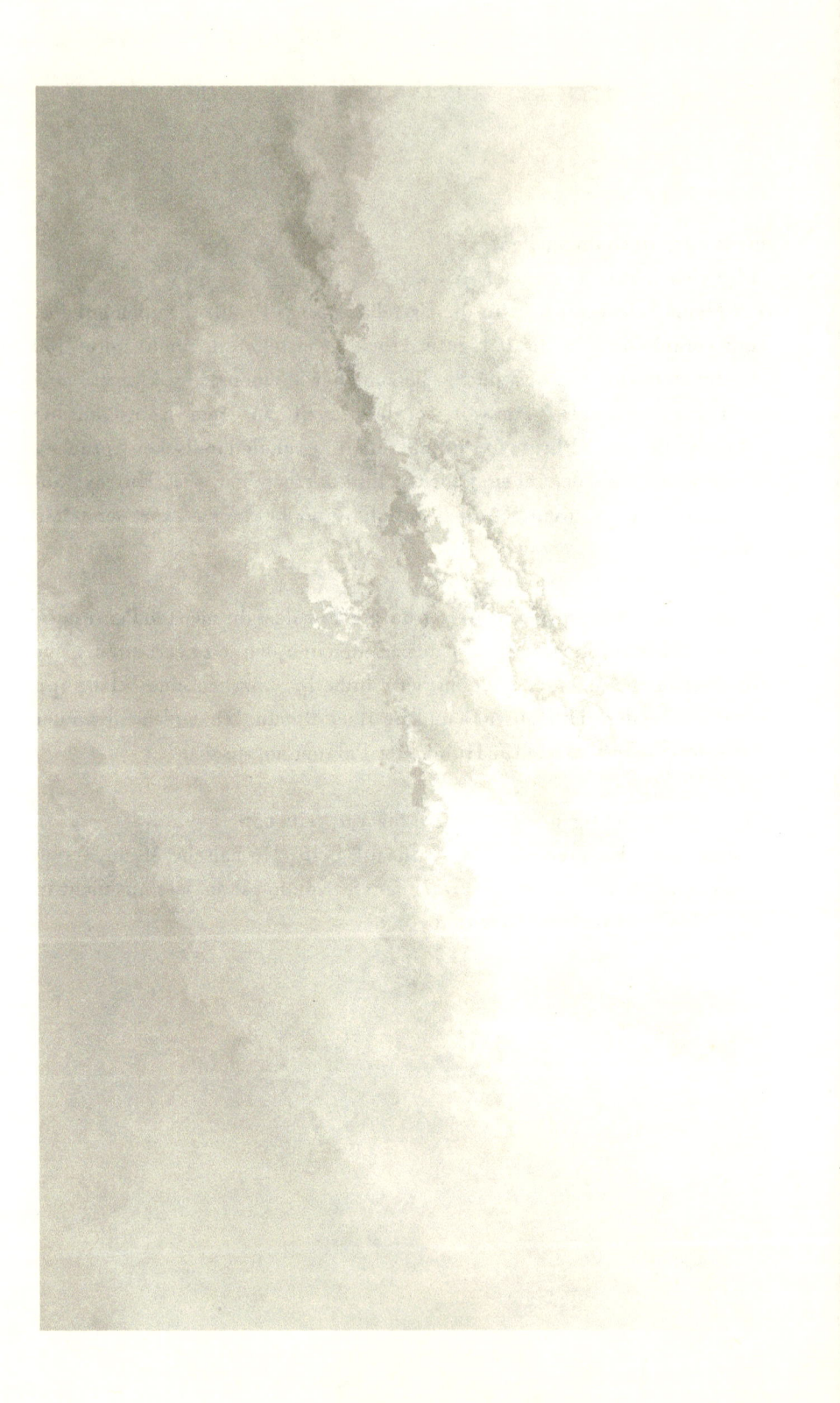

Zum Beispiel mit Liebe.

HAST DU EINEN Lieblings-Ex-Freund? Ich bin mir sicher, dass du das tust.
Ex-Freunde machen Spaß. Sie verdienen eine Erwähnung, auch ein alberner Reim.

Du hast auch ein paar Tränen, Haare und Gewicht vergossen.
Du schluchzt und lächelst auch.
Es war einmal, er hat dich geliebt und du hast ihn auch geliebt.

Junge Trennungen tun mehr weh.
Du bist arm und dumm und verliebt.
Du bist auch dramatisch und nervig.

Du versteckst Rosenknospen zwischen Buchseiten, du kritzelst Gedichte auf Servietten in Cafés und du kaufst Grußkarten mit Pop-up-Herzen.

Wenn das Herz bricht, bekommt man Selbstmordgedanken. (Also nicht zu empfehlen. Sprechen Sie stattdessen mit einem Freund, essen Sie einen oder mehrere Schokoriegel und sehen Sie sich sinnlose Shows an. Wir lieben dich.)

Intelligente Frauen haben Geheimnisse. Dumme Frauen haben Geheimnisse und Ex-Freunde.

SIE

Wenn die meisten von uns an unsere Ex denken, denken wir an unser dummes Selbst. Es gibt Ärger, es gibt Groll. Aber wenn sich der Staub gelegt hat, wenn wir sie genug geschlagen haben, erinnern wir uns an die dumme, dumme und verrückte Liebe. Wir lachen und reden über sie (unabhängig von dem Wunsch, uns wieder zu verbinden). Sie sind unsere Sprungbretter zum Erfolg. Ex-Freunde sorgen für gute Gesprächsthemen, zumal Geplänkel über Exes über Generationen hinweg auf der ganzen Welt ähnlich klingen.

Öffne, breche, beschuldige und balsamiere das Herz. In dem Moment, in dem wir von den beiden Geschlechtern erfahren, beginnt unser Leben auf einem Wiederholungsmodus von Open-Break-Blame-Balm zu laufen. Das Traurige ist, dass viele von uns nicht wissen, wo der Stoppknopf liegt, und so wird unser Leben mit Ex-Akten verstopft. Das Traurigste (Wahrheit) ist, dass wir alle an den Ex-Wellen vorbeifahren müssen, bevor wir „ihn" treffen. Unser Leben muss in einem Hit-und Trial-Modus ablaufen, bis wir das perfekte Modell gefunden haben. Gott bewahre, wenn wir eine Kehrtwende machen müssen! Das Traurigste ist die Erkenntnis, dass wir die ganze Zeit den falschen Männern nachgelaufen sind. Aber es gibt einen Silberstreif am Horizont, das Unrecht lehrt dich die Rechte, oder zumindest glauben wir das.

Ex-Freunde sind natürliche Ableger von Freunden.

Als Teenager weinen wir voller Flüsse über die Exen und wenn wir aufhören zu weinen, machen wir imaginäre Geschichten um sie herum. Es ist therapeutisch, die Welt der Fiktion. Ein paar Jahre später lernen wir, weniger zu weinen und Witze über sie, über uns zu machen. Weitere Jahre vergehen und wir werden reicher, und wir beschäftigen uns mit ihnen (den Exes), indem wir die Happy Hour-Angebote nutzen, Haarschnitte

ZUM BEISPIEL MIT LIEBE.

machen und Schuhe, Handtaschen und Pralinen kaufen. Noch ein paar Jahre später und wir beginnen, sie anderen Frauen zu empfehlen; vielleicht könnte sich „sein" Herz mit einem anderen vereinen. Wir werden großzügig, tolerant. Ein oder zwei Jahre später, wenn wir „ihn" finden, erkennen wir, was für eine Verschwendung unsere früheren Jahre gewesen waren. Wenn wir das nicht tun, dann fangen wir mit jedem Tag an, neuere Techniken zu identifizieren, um zuerst nach Liebe zu suchen und dann aus ihr herauszufallen und dann von vorne anzufangen. Wir wissen es nicht besser. Wir werden es nicht besser wissen.

Weine. Essen. Shop. Bete. Heulen. Starr. Ignorieren. Wir alle finden unseren Weg. Natürlich möchte niemand verletzt werden, aber wie kann man dann ALLEIN sein? Daher existiert die Kette der Open-Break-Blame-Balme. Wir brauchen einen Mann, wir brauchen Liebe.

„Ich wollte nicht diese Katze sein. Ich wusste nicht, dass es in diesem nicht allein sterbenden Geschäft darum gehen würde, auf viele falsche männliche Katzen zu stoßen, bis ich meinen Kater mit Stiefeln fand."

Gerüchten zufolge will niemand die brütende, faltige Katze sein, die traurig in einer Ecke schnurrt und eines Tages allein stirbt.

(Ich liebe das Wortspiel in den Zeilen oben!)

Und das ist der Grund, warum wir dem Ex-Drama nicht entkommen können.

Wir wollen verliebt sein und geliebt werden. Von der armen Aschenputtel

SIE

über neugierige Cousins und Prinzessin Aurora bis hin zu nervigen Tanten sagt uns jeder, dass wir verliebt sein müssen und dass wir ein bitteres, unglückliches Leben führen würden, wenn wir „ihn" nicht finden. Nicht WAHR, das letzte bisschen.

Noch bevor wir also unsere Milchzähne verlieren, beginnen wir vom Prinzen und dem Kuss unter den Sternen zu träumen. Die traurige Wahrheit ist, dass die Märchenweber es falsch gemacht haben. In ihren Geschichten gibt es immer nur einen Prinzen und eine Prinzessin, und alles, was das Schicksal tun muss, ist, sie dazu zu bringen, sich zu treffen. Es gibt keine anderen Anwärter, ein Prinz für eine Prinzessin.

Es ist nicht so einfach!

„Die Märchen sagen uns nie, dass es da draußen viele Tomkats gibt!"

Nun, wie viele Arten von ~~Tomcats~~ Jungen gibt es da draußen?
Viele.
Nr.
Drei.
Diejenigen, die dich oft anlächeln; Freunde.
Diejenigen, die dich nicht anlächeln; Jungs.
Die, über die du viel lächelst; Ex-Freunde.

„Hast du einen Freund?" ist die häufigste Frage, die heutzutage gestellt wird, wenn du 12, 14 oder vielleicht 6 Jahre alt bist. Plötzlich will niemand mehr wissen: „Wie spät ist es?", „Wie war die Schule?", „Was hast du zum Abendessen gegessen?" Wenn du 16 wirst, heißt es: „Wer ist dein Freund?" Mit 18: „Wissen deine Eltern, dass du einen Freund hast?" Mit 22: „Ist er dein Freund?" Mit 23: „Wie kommt es, dass du keinen Freund

ZUM BEISPIEL MIT LIEBE.

hast?" Mit 27: „Glaubst du nicht, dass du Zeit mit bloßem Freundmaterial verschwendest?" Mit 30: „Verdammt, du hast keinen Freund? Nun, wen WÜRDEST du heiraten (lies: Du bist die Katze, die allein stirbt)?"

Freunde, wenn du welche hattest, dann verwandle dich weiter in Ex-Freunde, bis du den Bund fürs Leben geschlossen hast, was der einzige Zweck deiner Existenz ist; für den Fall, dass du dich immer noch fragst. Bis dahin bleibst du mit dem Erwachsenwerden beschäftigt und versammelst dich. Du planst auch Rache und beobachtest, wie dein Ego zerfetzt wird. Viel später lernst du, dich auf Kosten der Exes zu unterhalten. Aber davor bist du unglücklich. Du weißt es nicht besser.

Offen. Pause. Schuld. Balsam.

Zusammenfassend lässt sich sagen: Das Kapitel der Ex-Akten ist sensibler, weit herzzerreißender als das der Freunde. Wenn es kein Ex gäbe, gäbe es keine perfekte Zukunft. Sie sind wie die Kommas, die Ihnen helfen, den Punkt zu erreichen. Ich wiederhole dies, um Sie (auch mich) davon zu überzeugen, dass Ihr Leben keine Verschwendung war. Du behältst den Ex immer im Auge, genau wie du willst, dass der Ex dich im Auge behält.

Liebling, wenn du ihn treffen willst, dann musst du genauso entschlossen sein, in einer Beziehung zu sein, wie du aus einer Beziehung heraus sein musst. Man muss an viele Türen klopfen, um die richtige zu finden. Sogar Alice (im Wunderland) sah sich vielen verschlossenen Türen gegenüber, bis sie ihren Weg zur kleinen Tür fand.

Ex-Liebhaber und Ex-Arbeitgeber haben das gemeinsam. Sie wollen immer wissen, was sie vorhaben. Du willst ihnen sagen: Du bist an einen besseren Ort gezogen, zu einem besseren Menschen.

Optimismus ist der Schlüssel. Du kannst nicht aufgeben, bis du „ihn" gefunden hast. Die Ziellinie ist der Gang und man muss die Hürden springen. Aber dann aus Liebe zu sein, ist sehr anstrengend. Es gibt Weinen, Klatsch und Überdenken. Und am schlimmsten sind Rebound-Beziehungen; wenn du am Ende mit zwei Menschen zusammen bist - dem Geist des Ex und der aktuellen Flamme.

Jetzt bist du vielleicht nie wieder mit deinem Ex befreundet, aber du könntest dich immer mit seinen Ex-Freunden anfreunden. Sie möchten ihre Seite der Geschichte kennenlernen; manchmal, um Vergnügen zu finden, oft, um Ärger zu kanalisieren, oft, um Ihre Nerven zu beruhigen und ein paar Mal, um den Glauben an Ihre Entscheidung zu bekräftigen. Du brüllst, du Schlampe, rühmst dich und verbindest dich damit. In der Zwischenzeit erwirbst du auch Weisheit. Kurzlebig, wenn auch. Wenn er nicht mein „er" ist, ist er vielleicht dein.

Als Rasse setzen wir uns dafür ein, dass niemand alleine stirbt. Ein Prinz, eine Prinzessin. Sie sind bereit, sich gegenseitig zu helfen, die richtige Tür zu finden.

Wann bricht die Hölle los? Ja, dazu komme ich. Wenn

Er ist nicht besetzt, und er ist geschult. Es wird viel Aufwand betrieben, um Freunde zu finden. Es ist abwertend, gemein und unhöflich, über Ex-Freunde in einem schlechten Licht zu sprechen. Die Exes sind ein Haken. Sie sind Frauen-akzeptabel. Jemand sollte von der harten Arbeit profitieren.

ZUM BEISPIEL MIT LIEBE.

die Hochzeitskarte Ihres Ex Sie erreicht. Und dann bist du wieder blöd.

Ja, die Chancen stehen gut, dass dein Lieblings-Ex-Freund zu einer Zeit heiratet, in der du in deiner elendigsten Form bist. Und selbst wenn du in einer Bibliothek geboren wurdest, gibt es eine Geschichte, die du nie hören möchtest. Die Geschichte, wie er sich in seinen Verlobten éverliebte. Du willst dich nicht wiedervereinigen, nein, nein, du hast ihn aus einem bestimmten Grund verlassen...WIE KÖNNTE ER AUCH! Unabhängig davon, zu welchen Bedingungen Sie die Beziehung verlassen haben, werden Sie eingeladen und Sie werden auch an der Hochzeit teilnehmen. Du wärst von deinen Freundinnen darauf vorbereitet, den Krieg zu gewinnen. Und wenn es dein erstes Mal ist (bei einer Ex-Hochzeit), musst du nur in den von ihnen vorbereiteten Kampfanzug schlüpfen. Push-up-BHs, Lippenstifte, tief eintauchende Ausschnitte, 6-Zoll-Stilettos, falsche Wimpern und Rückenpoliercremes würden von ihnen vorsichtig für Sie gekauft. Die Nacht vor der Hochzeit wird viel früher eintreffen, als Sie es möchten. Das Rampenlicht wäre auf Sie
gerichtet.

Jeder wäre neugierig, wenn Sie auftauchen würden, und wenn Sie das tun, werden sie darauf warten, dass Sie auftreten.

Die Hochzeit eines Ex-Freundes ist wie ein Probeessen.

Und Sie werden eine Show veranstalten, eine Show, an die Sie sich erinnern werden.

Hier sind ein paar Tipps, um es am D-Day richtig zu machen. Sein D-Day.

➤ Bleib in der Nähe des Kerls, von dem dein Ex immer dachte, dass du etwas dagegen hast. Von da an wird es einfach einfacher.

SIE

➤ Herzliche Glückwünsche an den Bräutigam und die Braut. Gib deinem Ex eine lange, warme, bedeutungsvolle Umarmung. Deine Arbeit ist getan. Deine Leistung ist vorbei.
➤ Sei fröhlich und trinke und iss gut.

Und hier ist ein weiterer Hinweis für Sie. Wenn Sie gefährlich kurz davor stehen, Ihren „ihn" zu heiraten, erstellen Sie eine Excel-Tabelle der Exes, um sicherzustellen, dass Ihr zukünftiger Ehemann keine der Eigenschaften aufweist, die Sie im Laufe der Jahre bei Männern als inakzeptabel empfunden haben. Es ist in Ordnung, ich verstehe, dass Sie eine B-Schule besucht haben und Excel-Tabellen hilfreiche Tools sind.

Wir alle denken gerne, dass schlechte Beziehungen uns lehren und härten. Wir werden zu Gelehrten. *Du hörst einfach nicht auf, dumm zu sein. Nicht wahr?*
Wie viele Arten von ~~Tomcats~~ Jungen gibt es?
Viele.
Nr.
~~Drei.~~ Vier.

Diejenigen, die du nicht mehr anlächelst: Ex-Freunde, die nie über dich hinwegkommen. Sie sorgen vor allem auch für unterhaltsame Geschichten. Manchmal beängstigende (wieder, also nicht zu empfehlen).

Habe ich geplappert, mich wiederholt? Verzeihung. Es braucht Zeit, um über die Ex hinwegzukommen. Ich bin nur dumm.

Es ist in Ordnung, alt zu werden, älter.

ES IST WOCHENENDE. Ich werde zu Hause bleiben. Ich muss mich um meine Aufgaben kümmern. Haare zum Färben, Lebensmittel zum Kaufen, Wäsche zum Falten, Brauen zum Fädeln. Ich muss ein Buch zu Ende lesen. Außerdem sind Wochenenden Tage, an denen ich eine Körperfeuchtigkeitscreme verwende (ich habe kürzlich eine Wanne mit Körperbutter gekauft. Eine rosa Blase auf der Wanne lautet: Jetzt auch in Zimt und Schokolade! Meine ist einfach schlicht, geschmacklos.). Zwischen den Mittagsschlafstunden plane ich, eine TV-Serie nachzuholen, zu kochen und ein paar Mahlzeiten einzufrieren (für die kommende Woche; am Wochenende werde ich streng bestellen). Ich könnte mir ein paar Online-Einkäufe gönnen (Einkaufszentren sind am Wochenende zu beschäftigt). Ich kann auch ausgehen und andere Sachen machen, nur dass ich nicht in der Stimmung bin, Absätze, Kleidung (außer Pyjamas) und Kohl zu tragen. Es wird ein *hektisches* Wochenende. Wenn ich mich jedoch zu müde fühle, kann es sein, dass ich ein paar Punkte auf der To-Do-Liste übersehe und stattdessen nur schlafe und Feuchtigkeit spende. Feuchtigkeitsspendend ist wichtig. Alternde Haut braucht Pflege.

Wenn Sie sich jemals gefragt haben, was alte Frauen am Wochenende tun, dann war dies eine kleine Vorschau. Keine höflichen Gespräche, kein Kotzen, kein Schmollen. Das Alter ist eine akzeptable Ausrede, um

SIE

Menschen, Partys oder beides zu vermeiden. Ich nutze es maximal. Ich könnte Bekannte, Freunde und Familie besuchen, und sie könnten mich auch besuchen. Aber du wirst nichts davon hören. Wir werden unsere Selfies nicht zu Ihrem Vorteil und Ihrer Freude hochladen.

Ich bin 34. (Randnotiz vom Verlag: Bleiben Sie bei dieser Nummer, unabhängig davon, wann diese veröffentlicht wird: „Werke, die von Schriftstellerinnen Anfang 30 verfasst wurden, sind leichter zu verkaufen als von denen in den späten 30ern.")

Vergiss es. Ich bin 39, zu deinem Nutzen und zu deiner Freude.

Dort habe ich Ihnen mein Alter auf einer öffentlichen Plattform mitgeteilt und es wird GEDRUCKT sein. Ich werde nichts dagegen tun können. Ich werde hilflos sein. Die Katze ist jetzt aus dem Sack.

Hast du gesehen, was ich gerade getan habe? Ich habe den Mythos gebrochen, dass Frauen es nicht mögen, ihr Alter preiszugeben.

Ich bin kein Single Malt oder Cheddar, aber ich scheue mich nie davor, mein Alter preiszugeben.

Es ist meine feste Überzeugung, dass es in Ordnung ist, alt zu werden, noch älter. Denn wenn du und ich nicht älter werden, besteht eine hohe Wahrscheinlichkeit, dass wir tot sind. Meine kleine Erfahrung sagt mir, dass es eine bessere Option ist, am Leben zu sein.

Es gilt als unhöflich und unangemessen, eine Frau nach ihrem Alter zu fragen. Doch als Frau wurde mir diese Frage weitaus öfter gestellt, als ich gefragt wurde: Wie spät ist es, wie groß bist du, kann ich deine

ES IST IN ORDNUNG, ALT ZU WERDEN, ÄLTER.

Handynummer haben, hast du einen Freund, woher bekomme ich ein Taxi, wann heiratest du, wie geht es dir, wann hast du Kinder, wo wohnst du, denkst du, dass es heute regnen wird, was hast du für das Wochenende vor? Keine dieser Fragen gilt als unhöflich oder persönlich. Selbst eine Frau zu fragen, warum sie ihr Babyfett immer noch nicht verloren hat oder wann sie ihren Job kündigt, um sich um ihre Familie zu kümmern, wird nicht verachtet.

Was *unhöflich* ist, ist, eine Frau zu bitten, ihr Alter preiszugeben. Außerdem ist es für eine Frau nicht akzeptabel, diese Frage zu beantworten. Von uns wird erwartet, dass wir höflich sind und darüber lachen. Jedes Mal.

Männer geben sich gegenseitig alte Furz-Grußkarten, nicht uns.

In der Woche, in der ich 34 Jahre alt wurde, schickte mir eine Freundin eine SMS: „Du hast dein halbes Leben gelebt! Herzlichen Glückwunsch! Umarmungen." Ich machte die Berechnungen und erkannte, dass sie wahrscheinlich recht hatte. Ich antwortete: „Umarmt euch zurück!" Später holte ich meine ziemlich große, redaktionelle Kaffeetasse heraus, füllte sie bis zum Rand mit Wein, trank und döste ein. Ich träumte davon, alten Frauen einen Vortrag darüber zu halten, wie sie stolz auf ihre grauen Haare sein sollten. Am nächsten Morgen machte ich eine Wurzelauffrischung. Wir sind alle eitel, nicht wahr?

Als Frauen sollen wir uns bei vielen Dingen entschuldigen*: übermäßig gekochte Pasta, extra Salz im Curry, volle Parkplätze, schlechte Frisurentage, extra Zentimeter und Kilos, ungepflegte Augenbrauen, undisziplinierte Kinder, schmutzige Böden, gescheiterte Ehen, globale Erwärmung und Flop-Filme. Aber am wichtigsten ist, dass wir uns dafür entschuldigen sollen, „alt" zu werden. Wir sollen unser Alter verbergen.

SIE

Wir sollen für immer jung bleiben.

Übrigens, wie alt ist zu alt?

Bin ich älter? Ja. Natürlich. *Du IDIOT.*

Fühle ich mich alt? *Ich fühle mich mehr unter Kontrolle.*

Hast du wieder gesehen, was ich getan habe? Ich vermied *Ihre* Frage mit einem intelligenten Comeback.
Mit zunehmendem Alter kommt ein besseres Urteilsvermögen. Du wirst besser darin, Freunde und Kleidung auszuwählen. Sie schwören, trinken und rauchen auch selektiv. Du hast auch mehr Geld (ich bin optimistisch). Du lernst zu sparen. Sie lernen, wie Sie Drei-Gänge-Abendessen nur mit Resten veranstalten können. Es gibt keine Pickel, nur Mitesser und Mitesser. Du musst keine Erlaubnis einholen, um eine Nachtshow zu sehen. Sie müssen das Auto nach einem Unfall nicht verstecken, Sie können dafür bezahlen, dass es abgeschleppt und repariert wird. Niemand schaut sich Ihre Telefonrechnungen an (Sie können sich die anderer ansehen). Du musst nicht einmal deine Nachbarn begrüßen, auch wenn deine Eltern das Gefühl haben, dass sie nette Menschen sind. Sie können Kinder haben und auch ihren Anteil an Pralinen essen.

Du kannst die ältere, selbstbewusste und reiche Person sein, die du schon immer sein wolltest. Mit viel Übung und Geduld lernst du, wie man sich nicht um andere kümmert, aber du lernst auch, wie man Freude daran hat, es ihnen auch zu sagen.

Das war nicht ich, der dich belehrte, dein Alter anzunehmen. Das war ich, als ich dir sagte, dass du deine Tat in Ordnung bringen sollst. Ich bin damit

ES IST IN ORDNUNG, ALT ZU WERDEN, ÄLTER.

fertig.

Lassen Sie uns jetzt real werden. Hier ist ein Crashkurs.

In erster Linie, wenn Sie nicht verheiratet sind, heiraten Sie.
Wenn nicht, hören Sie auf, dies zu lesen.
DU BIST ALT! Niemand will eine *alte* Braut. (Mehr dazu später, ein paar Seiten entfernt)
Am besten heiratest du. Und wenn Sie schon dabei sind, haben Sie auch Kinder.
Denn DU BIST ALT!

Wenn Sie beide verheiratet sind und Kinder haben, herzlichen Glückwunsch. Auf einer anderen Anmerkung, wie kommt es, dass Sie die Zeit haben, dies zu lesen? Ich habe das Gefühl, dass du deine Kinder nicht gut erziehst.

Was auch immer, hier ist, was Sie tun müssen, um mit offenen Armen *willkommen* zu sein.

Verbringe mehr Zeit zu Hause. Tragen Sie Ihren Kapuzenpullover. Setzen Sie die Anti-Falten-Gesichtspackung auf. Füllen Sie die Wärmflasche auf. Entferne dein Geburtsjahr von Facebook, LinkedIn. Hör auf, deinen Geburtstag zu feiern. (Wenn Sie gezwungen werden, stellen Sie einen Kuchen mit Donuts zusammen. Es ist schwer, Kerzen auf einen solchen Kuchen zu stellen.) Spielen Sie UNO. Sagen Sie Nein zu Alumni-Treffen. (Es gibt nichts Schlimmeres, als wenn dir gesagt wird, dass du nach 20 Jahren genauso aussiehst. Natürlich siehst du besser aus. Komm schon! Schau dir deine alten Bilder an, schrecklich.) Mit kreisenden Bewegungen Gesicht und Hals mit Anti-Aging-Creme abtupfen. Unter die Augencreme geben. Und ja, die Feuchtigkeitscreme.

Du hast die Gesichtspackung abgewaschen, oder? Es muss, ähm, bis zum Trocknen oder zehn Minuten lang aufbewahrt werden. Oder vielleicht zwölf, finde es heraus, die Anweisungen sind auf der Schachtel.

Schlafen Sie, wenn Sie schläfrig sind.
Schau nicht auf die Uhr. Keine Panik, wenn es erst 21.30 Uhr ist.
Esist in Ordnung, sich auszuruhen.

P.S.: So jung wirst du nie wieder sein.

*Mehr über Dinge, die uns'leid tun ' finden Sie auf Seite 187

Niemand will eine alte Braut.

SELBST MAKE-UP -Künstler mögen es nicht, alte Bräute zusammenzupacken.

Mitgift liegt nicht im Trend. Wenn es so wäre, hätten wir *Bräutigame* für alle Arten von Bräuten gekauft, auch für alte.

Bevor Bräutigame in Chat-Pop-ups auf Apps verfügbar wurden, waren sie auch in Bankettsälen zu finden. Sie sind nur einen Klick entfernt, und es ist eine Schande, wenn Sie immer noch Schwierigkeiten haben, einen zu finden. Sie müssen nicht einmal Tee und Samosas servieren, um zu heiraten. *Fragen Sie Ihre Mütter und Tanten.* Es ist so einfach, jetzt zu heiraten, das werden sie dir sagen; ohne eine Talentjagd mit Singen, Kochen, Tanzen usw.

Also zurück zu den Bankettsälen. Zwei der beliebtesten Gründe, warum wir bei indischen Hochzeiten auftauchen, sind ein Snack und ein Freier. Wenn Sie nicht für die ölige, knusprige vegetarische Frühlingsrolle mit *Pudina* (Minze) -Chutney oder die würzige, rot gefärbte Hühnermandschurei auf Zahnstochern da

Mitgift ist für Analphabeten, DUMM. Außerdem ist dies nicht der richtige Ort, um alle Ängste oder Ärger zu bekommen. Wir lernen, in allem Gandhi zu sein, okay? Okay.

SIE

sind, dann sind Sie auf jeden Fall für einen Bräutigam (auch Braut) da. In den Tagen unserer Großeltern wurde kein Geld für das Abonnieren von Ehegattendiensten verschwendet, sondern es wurde verwendet, um Zug- und Bustickets zu kaufen, um an ALLEN möglichen Hochzeiten teilzunehmen.

Hochzeiten waren die Brutstätten des Matchmaking.*

*Vielleicht sind sie es immer noch. Ich habe in letzter Zeit nicht an einem teilgenommen. Bei 30 wird 31 (sehr nah!), kümmerte ich mich um das lebenswichtige Thema und heiratete. Es wurde von mir nicht mehr verlangt, auf Hochzeiten aufzutauchen. Verwandte hörten auch auf, mich zu zwingen. Meine Zeit ist abgelaufen.

Tanten und Onkel würden sich in Falken verwandeln und die Kandidaten in die engere Wahl ziehen, wobei sie bedachten, wie er oder sie in ihrem besten Outfit aussah, den familiären Hintergrund und natürlich ihre Verfügbarkeit. Oftmals wurden Beziehungen aus diesen Gründen selbst besiegelt: „Viel vor dem Abschluss der Zeremonie des Paares, bei dessen Hochzeit Sie waren." Bollywood überlebt Flirt-Episoden, die bei diesen Hochzeiten stattfinden, was darauf hindeutet, dass die potenziellen Kandidaten aktive Teilnehmer sind.

Auch ich wurde besonders ermutigt, an Hochzeiten teilzunehmen, meine Vermieterin interessierte sich besonders dafür. Sie würde mich anstupsen, mich besser anzuziehen. Als Meisterin im Matchmaking war sie entschlossen, dass ich *ihn* bei der Gewerkschaftszeremonie einer anderen Person finden würde. Als ich zwei Jahre lang allein war, bemerkte sie: „Als ich dir diese Unterkunft gemietet habe, dachte ich, du würdest heiraten und bald gehen. Ich wollte keinen *dauerhaften* Mieter." Sie war aufgebracht.

NIEMAND WILL EINE ALTE BRAUT.

Der Punkt ist, dass *jeder* eine Braut des „richtigen Alters" möchte. Und wir alle müssen das Konzept verstehen und beachten, wie ein Mädchen im „richtigen Alter" heiraten muss. Männer, sie können jederzeit heiraten. Es wird immer Abnehmer für gut sesshafte Männer geben. Die Definition von Frauen, die sich niederlassen, ist verzerrt.

Es wird angenommen, dass nur wenige Männer Frauen wollen, die Stromrechnungen bezahlen, Auto fahren und an Vorstandssitzungen teilnehmen können. Ich heirate eine! Aber auch das ist nicht immer der Fall, es gibt Männer, die in ehelicher Glückseligkeit mit karriereorientierten Frauen leben und die Gesellschaft neu definieren.

Jetzt hat jede Aktion eine Reaktion. Die gravierendste Konsequenz in den Augen vieler, wenn man einen Verehrer zu spät findet: Man müsste entweder Sofortbabys machen oder könnte gar keine mehr ertragen. *Eine sehr düstere Zukunft.*

Außerdem können deine jüngeren Geschwister und Cousins erst heiraten, wenn du es tust.

Hört auf, sie auch von der Liebe und den Babys fernzuhalten. Du egoistische Jungfer.

Ob Sie alt sind oder Babys brauchen, ist irrelevant. Wie Ihre jüngeren Geschwister nicht vor Ihnen den Bund fürs Leben schließen können, ist ebenfalls irrelevant. Es wird nie in den Diskussionspunkten auftauchen. Niemand wird auch nur erwähnen, was das „richtige Alter" ist.

Meine Cousine hat mit 25 geheiratet. Meine Tante, als sie 22 war. Mein bester Freund mit 28.

Was ist das „richtige Alter"?

SIE BETRETEN DIE Risikozone in dem Moment, in dem Sie erkennen, dass die Welt in zwei Teile geteilt ist: sie und Sie.

Du fühlst dich entfremdet.

Deine Freunde hören auf, dich einzuladen. „Oh, es ist nur eine Nacht für Paare." Sie meinen gut. Sie sind wahrscheinlich so alt wie du, sogar noch älter. Sie wollen nur, dass Sie einen Teil des Kuchens haben, den sie essen. Sie möchten auch ihre Gästeliste vereinfachen. „Ich sage dir immer wieder, dass du heiraten sollst!" Sie wollen, dass du auf den Partys da bist, um auch die Nachos und Kebabs zu essen. *Aber was sollen sie mit dir machen, wenn die Paare am Papiertanzspiel teilnehmen?*

Außerdem können alleinstehende Frauen ein wenig nervig sein. *Sie haben immer Zeit. Sie starten in den Urlaub. Entscheide dich für Spas. Alleine Filme schauen.* Die verheirateten Frauen schaffen es kaum, auf WhatsApp-Nachrichten zu antworten. Sie haben Kartoffeln zu schälen, Schwiegereltern zu betreuen und Ehemänner zu betreuen. Und Mütter, sie sind verantwortlich für die Entwicklung einer Welt, von der alleinstehende Frauen nicht einmal wissen, dass sie existiert.

Sobald Sie die Schwelle überschritten haben, wäre Ihre Auswahl für Bewerber begrenzt. Sie müssen sich für eine Geschiedene oder die Alten oder die Glatzköpfigen „niederlassen". Oder alle drei.

Stellen Sie sich vor! Was für ein schlechtes Beispiel werden Sie für die Gesellschaft geben, indem Sie tolerant, nicht wertend und wertschätzend sind.

„Es ist besser, eine Jungfer zu sein, als Liebe in einem Off-the-Market-Mann zu finden."

Ihr Glücks- und LIEBESBOOT FÄHRT nicht leise davon.

Du wirst hin und wieder ins Rampenlicht gerückt.

Ich besuchte 23 Hochzeiten (von Freunden, ich übertreibe, vielleicht 20) vor meiner.

Ich war jünger, weniger wählerisch in Bezug auf Freunde und hatte viel Zeit zum Töten.

Bei jeder Hochzeit wurde mir gesagt: „Ich war der Nächste in der Reihe." Ich wurde mit gleicher Überzeugung sowohl davon überzeugt, dass ich alt war, als auch davon, dass ich der Nächste in der Reihe war.

Die Anzahl der Hochzeiten, die Sie besuchen, ist ein weiterer Hinweis darauf, dass Sie älter werden.

Bei der 13. Hochzeit hatte ich angefangen, Kleidung sowie meine „Bühnenpose" mit dem Hochzeitspaar zu wiederholen. Ich fing auch an, Hochzeitsgeschenke zu wiederholen. Es war anstrengend. Jedes Mal, wenn ein Freund sie „ihn" fand, geriet ich in Panik. Ich flippte aus, als ein männlicher Freund sie fand. Ich dachte immer, dass die Männer es nicht eilig hätten, zu heiraten. Menschen, die sich verlieben, haben für mich nicht gut funktioniert. Bald hatte ich nicht genug bezahlte Urlaube, Outfits oder Geld.

Außerdem macht jede Hochzeitsankündigung unsere Eltern traurig.

Unsere Eltern wollen uns wirklich, wirklich heiraten sehen.

„Ich war nicht alt. Ich hatte noch nicht einmal angefangen, mich so zu fühlen. Ich war genauso lächerlich, wie ich es war, als ich jung war. Ich hatte mich für einen Sprachkurs angemeldet. Ich war gerade befördert worden. Ich war *glücklich*."

Dennoch gab es genügend Hinweise auf die Krise.

Das Ausfüllen von Formularen, bei denen wir Kästchen ankreuzen mussten, war eine Tätigkeit, die ich nicht mehr mochte:

Alter: 18-22, 23-27, 27-32.
Warum sollte ein 29-Jähriger in der Kategorie 27-32 geschlagen werden? Verwenden Sie Sternchen, um Ihren Standpunkt zu verdeutlichen.

*

*

*

Und selbst wenn das BOOT eine Kehrtwende machen und zurückkommen

SIE

würde, um uns zu finden, wären die Dinge nicht mehr die gleichen, nicht so, wie es hätte sein können, wenn wir im „richtigen Alter" geheiratet hätten. An meinem Hochzeitstag, als mich ein 24-jähriges Single-Mädchen fragte, ob ich nervös sei, sagte ich, ich sei es nicht. Es lief nicht sehr gut. Sie antwortete: „Ich denke, Liebe gibt dir nur dann Schmetterlinge im Bauch, wenn du im" richtigen Alter „heiratest." Sogar sie wusste, was dieses „richtige Alter" war! Sie war 24! Oh Gott.

Es gab keinen Grund zu streiten.

Ich wünschte ihr Schmetterlinge und ein Lächeln.

Denn ich kenne nur eine Art von Braut: die Schönen und Glücklichen. Ich liebe Bräute.

Selbst die Fiktion kann dir keinen Trost bringen.

IM 2008 VERÖFFENTLICHTEN Film *Sex and the City*. Ja, ich bin weiterhin besessen von der Serie und den Filmen.

Carrie Bradshaw sieht in den Designerkleidern strahlend aus, als Vogue ihre Reise von der Single zur zukünftigen Braut abdeckte. *„Wir nennen es" Das letzte Single-Mädchen. „Nun, ich'bin kaum das letzte Single-Mädchen. Nein, aber 40 ist das letzte Alter, in dem eine Frau in einem Hochzeitskleid fotografiert werden kann…"* In der Mitte des Films war die Hochzeit abgesagt worden: Der Bräutigam ließ sie am Gang zurück. *„Was steht dort in der Notiz des Editors? Die Hochzeit von Carrie Bradshaw und John James Preston wurde abgesagt…als diese Ausgabe in Druck kam. Bradshaw ist…" Bradshaw ist was? Moment… „Bradshaw ist immer noch Single und lebt in New York City."*

Es hat einfach keinen Sinn zu streiten. Sogar Fiktion wird vermasselt.

Carrie Bradshaw heiratet am Ende des Films, aber man kann nicht anders, als sich zu wundern.

Wird es für uns eine weitere Saison oder ein Ende geben? Oh warte, da kommt einer, oder? Und einfach so…

Es ist eine Farce.

NIEMAND KÜMMERT SICH ium Ihren Familienstand. Aber sie tun so, als würden sie es tun. Lass dich nicht von ihnen täuschen. Das Thema hilft ihnen, unangenehme Schweigelücken während Gesprächen zu schließen oder einfach einen Weg zu bieten, um die Zeit zu vertreiben.

Die meisten Leute, die mit dir sprechen, sind auch nicht daran interessiert, dich zu kennen. Deinem Kollegen ist es egal, ob du Eis magst. Dein entfernter Cousin will nicht wissen, ob du einen Hund hast. Sie sind einfach nur scheiße darin, Gespräche zu führen. Diese Unterhaltungen haben einen Bereich, der als Social Media bezeichnet wird.

Wenn Sie Single sind und nicht das „richtige Alter", müssen sich diese Wanderer nicht einmal den Kopf kratzen, um über Sonnenschein oder Regen zu sprechen, sie haben den perfekten Gesprächsstarter in Ihrem „Ich bin alt & Single" -Status. Die Leute, die neben Ihnen an einem Busstand stehen, würden gerne wissen, warum Sie nicht verheiratet sind. Perfekte Fremde haben mich süß gewarnt, dass mein Alter in meinem Happy End einen Spoiler spielen könnte. „Deine biologische Uhr tickt", sagte ein Fremder, bevor er in den Bus stieg. Und dann werden sie dich manchmal so ungläubig anstarren, dass du erkennen würdest, dass du kein Recht hast, ihr Leben mit deinen persönlichen Einzelstatusdetails zu ruinieren. Sie haben genug Sorgen im Leben. Fügen Sie sie nicht zu ihrer Liste hinzu.

Hier ist, was Sie tun können.

LÜGE.

Stellen Sie sich das vor.

Sie sind in einem Spa. Ihre Masseurin ist ein dunkles, schönes Mädchen mit schönen langen Haaren. Sie ist unschuldig, sie ist keine *Feministin*. Sie ist nett. Sie wollte schon immer heiraten und Babys machen. Dazwischen reibt sie sich mit großzügigen Mengen Öl den Rücken und fragt dich, ob du Kinder hast.

„Ich habe zwei schöne Mädchen."

Füllen Sie später das Feedback-Formular ordnungsgemäß aus. Fügen Sie auch Ihr Jubiläumsdatum hinzu.

Imaginäre Ehemänner und Kinder sind besser als echte, sagen einige.

Wenn ich alt werde.

ALT WERDEN IST beängstigend.

Folgendes möchte ich mir merken, wenn ich älter werde.

- Rülpsen, gähnen, niesen und furzen Sie nicht so LAUT, so BEILÄUFIG, dass die Leute denken, Sie seien nie auf eine Abschlussschule gegangen. Sei eine anmutige alte DAME. Immer.
- Fragen Sie nach Seniorenleistungen und Rabatten. An Tankstellen, Salons.
- Bitten Sie den Jungen, Ihr Auto rückwärts zu parken.
- Kaufen Sie Blumen. Lege sie neben dein Bett.
- Die einzige Welt, die existiert, ist diese. Glaube nicht an den virtuellen Mist oder das Leben nach dem Tod.
- Feiern Sie Ihren Geburtstag.
- Lies deine alten Tagebücher viel mehr. Bisher hattest du ein wunderbares Leben. Bleib wundervoll, sei dankbar für dieses Leben.

P.S.: Du wirst nie wieder so *jung* sein. Das habe ich doch erwähnt, oder?

Auch das möchte ich den Jugendlichen sagen.

- Halten Sie den Aufzug für *alt*.

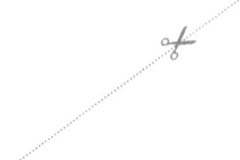

SIE

➤ Setzen Sie die *Alten* nicht unter Druck, um Essen in Restaurants „Ihrer" Wahl zu bestellen. Sie kennen wahrscheinlich nicht die Hälfte des Geschirrs da drin. Wussten Sie, dass Grünkohl bis vor etwa drei Jahren existierte? Außerdem haben sie vielleicht ihre Spezifikationen zu Hause vergessen. Seien Sie geduldig.
➤ Fügen Sie sie zu Zoom, Hangouts usw. hinzu. Erwarte nicht, dass sie nach dir suchen!
➤ Sprich leise mit ihnen.
➤ Sagen Sie ihnen, dass sie so schön ~~sind, wie sie waren, als sie jung waren~~.
➤ Seien Sie nicht überrascht, wenn sie nicht wissen, wohin das USB-Laufwerk geht. Weißt du, wie man einen Brief verschickt?
➤ Hör auf, ein *dummer Junge* zu sein.
➤ Lies deine alten Tagebücher viel mehr. Bisher hattest du ein wunderbares Leben. Bleib wundervoll, sei dankbar für dieses Leben.

PS: Ich liebe alte Leute. Außerdem glaube ich, dass es eine Geheimgesellschaft gibt, die beobachtet, wie wir mit den Alten umgehen. Wir werden sowohl belohnt als auch bestraft werden.

Wenn ich älter werde.

MEIN REDAKTEUR ÄUßERTE Neugierde darüber, warum ich nicht über die Erfahrungen von Frauen und Frauenfreundschaften im Alter von 30-40 Jahren gesprochen habe. Sie überzeugte mich mit den Worten: „Ich gehe davon aus, dass es daran liegt, dass Sie in Ihrem Buch bereits über Ihre eigenen Erfahrungen je nach Alter gesprochen haben. Trotzdem wäre es schön, deine Gedanken darüber zu erfahren, wo du dich mit 60 oder 70 siehst, oder Ratschläge dazu, was Frauen in diesem Alter interessieren sollte oder nicht." Also, dieses Kapitel ist ihre Idee, nicht meine.

Interessanterweise schlug sie vor, dass ich einen skurrilen Artikel über meine Hoffnungen und Träume in einem höheren Alter hinzufüge. Vor allem bin ich begeistert von ihrem Vertrauen in meine Schrulligkeit (auch nachdem ich das komplette Drehbuch gelesen habe) und zweitens bin ich verwirrt über ihren Optimismus, dass ich bis dahin durchhalte. Versteh mich nicht falsch, ich bin nicht faul. Ich bin erschöpft, aber natürlich möchte ich lange (und gesund) genug leben, um mehr Geschichten zu erzählen, die von dem Glauben befeuert werden, dass meine Geschichten (Ratschläge) Abnehmer haben. Drittens bin ich froh, dass sie mein Geplänkel als Erlebnisse gekauft hat.

Wo sehe ich mich mit 60? Ich habe nicht viel darüber nachgedacht, eigentlich gar nicht. Eine Frau zu sein ist wie auf einem Laufband zu laufen, man kommt nicht „ganz" voran. Sie verlieren nur (Zoll, Kilo) und holen jeden Tag dort ab, wo Sie am Vortag aufgehört haben. Ich bin jedoch hartnäckig fröhlich über

SIE

die Welt (und ihre Fehler). Und ich denke, ein Laufband ist eine großartige Investition, wenn nicht zu Fuß, um Kleidung an der Luft zu trocknen.

Du hoffst wahrscheinlich, dass ich dir sagen werde, wo ich sein würde, wo du sein würdest. Ich werde es dir nicht sagen, denn ich kann es nicht. Aber wir können uns für einige Zeit dem Rätselraten hingeben.

Wo wären wir? An der Bar, hoffe ich. Im Salon natürlich. In einem Sitzungssaal, ja. Auf dem Mars auf jeden Fall. In Häusern, die von Liebe genährt werden. Auf Podien. In Krankenhäusern, um für geliebte Menschen zu sorgen. In Bibliotheken ja und ja. Was würden wir tun? Teilen, bekennen, sich wundern...fertig mit dem Erwachsenwerden und auf dem Weg des Herauswachsens. Werden wir nebeneinander stehen (Alter und Ego können Spielverderber sein)? Das kann ich nicht sagen. Wir können einige Freundschaften hinter uns lassen und (für immer) auseinander wachsen. Ich wünsche mir jedoch, dass die meisten von uns zusammen älter und schöner werden. Ich möchte mit Ihnen über saurem Reflux und Gelenkschmerzen sprechen. Ich möchte, dass wir uns an alte Schwärme und gescheiterte Ehen erinnern, unersetzliche und unverbesserliche Ehepartner und Liebhaber feiern. Ich möchte dir noch einmal erzählen, wie mein Mathe-Score in der 10. Klasse besser war als deiner oder wie du mich mit 20 verpfiffen und in Schwierigkeiten gebracht hast. Ich möchte, dass wir in unseren Sonnenuntergangsjahren nebeneinander auf einer Bank sitzen und zurückblicken und unerschrocken lachen. Ich möchte, dass wir uns gegenseitig in die richtige Richtung drängen, sonst sind wir bereit, als Einheit zu fallen. Ich erwarte, dass wir aufeinander aufpassen.

Ja, ich kann mich nicht dazu durchringen, etwas davon mit Zuversicht zu sagen. Ich erwarte nicht, dass ich schlauer oder ruhiger bin. Ich sehe auch nichts von ~~dir,~~ dem Leben in den USA. Ich sehe ein Leben von Maniküren und Mimosen. Ich sehe ein Leben der Anfänge. Ich glaube nicht an die 60er-is-the-new-30er-Jahre, aber ich glaube an uns.

Ein Ehemann würde es tun. Vielen Dank, bitte.

ICH HABE SCHON immer Menschen beneidet, die wissen, was für eine „Person" sie sind. Ich bin ein Morgenmensch. Ich bin total ein Meermensch. Ich bin ein Apple-Mensch. Ich bin ein Kaffee-Mensch. Ich bin nur eine Person mit „gebackenen Mahlzeiten". Ich bin ein High-Heels-Mensch. Ich bin ein schwarzer Krawattenmensch. Und es endet nicht damit, dass einige Leute sich selbst so gut kennen, dass sie verkünden, dass sie eine „orangefarbene" Person sind, ob sie von der Frucht oder Farbe sprechen, weiß ich nicht, aber es ist interessant zu wissen, dass sie sich selbst tief verstehen. Was mich betrifft, bin ich „meine" Person. Wenn du denkst, dass ich dich verwirre, hast du keine Ahnung, was ich mir antue.

Heute will ich Mokka, morgen wird es nur Kräutertee sein. Es gibt Tage, an denen ich mit der Sonne aufwache, es gibt Tage, an denen ich nicht schlafe, bis die Sonne aufgeht. Ich habe sowohl Trekkingschuhe als auch Strandschuhe. An manchen Tagen liebe ich die Berge und an anderen das Meer. An manchen Abenden fühle ich mich „purpurrot", an anderen „grau". Ja, an manchen Tagen habe ich die volle Kontrolle darüber, wie ich mich fühle, an anderen nicht. Ich mag es so. Ich mag die chaotischen Spiele, die mein Verstand mit mir spielt. Ich genieße es, jedes Mal auf die Speisekarte meines Lieblingslokals zu starren und sie anzusehen, als wäre es das erste Mal. Ich weiß, dass Leute hereinkommen und sagen: „Normal".

SIE

Ja, es gibt die „gleichen wie beim letzten Mal", aber das bin nicht ich, nicht immer, zumindest nicht.
Es ist nicht so, dass ich die Routine oder die klaren Entscheidungen nicht mag, es ist nur so, dass ich sie nicht gerne mit Grenzen definiere. Ich gebe ihnen gerne Raum. Ich möchte mich nicht als eine bestimmte „Person" definieren, weil sich eine „Person" ändern kann und tut.

Jedes Mal, wenn mich jemand fragte: „Welche Art von Person willst du heiraten?", wurden sie enttäuscht.

Wenn er Möbel wären, hätte ich gesagt stabil, zuverlässig und weiß. Wenn er Süßigkeiten wäre, hätte ich rosa und süß gesagt. Wenn er Kaffee wäre, hätte ich heiß, bitter und stark gesagt. Wenn er eine WLAN-Verbindung wäre, hätte ich gesagt, schnell, kostenlos und unbegrenzt. Aber leider war (ist) er keiner.

Ich sollte (tat) eine Person heiraten, und es gab keine Möglichkeit, ihn als „Art von Person" zu definieren. Ich bin ein „Schriftstellermensch" und ich soll gut mit Beschreibungen sein, aber jedes Mal war dies meine wohlmeinende Antwort.

„Ein Ehemann."
Ein Ehemann Person tun würde (tut) gut (großartig). Vielen Dank, bitte.

PS: Es ist nicht zwingend notwendig, eine Person mit einem guten Sinn für Humor zu wollen. Es gibt viele Abnehmer für diese „humorvolle" Person, das ist kein Rennen. Wenn Sie mit einem lustigen Mann verheiratet sind, herzlichen Glückwunsch. Wenn nicht, können Sie in jede Kneipe, jedes Caféé oder eine Lounge gehen und einem Stand-up-Comedian beim Auftritt zusehen. Die Mehrheit der indischen männlichen Bevölkerung ist

EIN EHEMANN WÜRDE ES TUN. VIELEN DANK, BITTE.

damit beschäftigt, den Akt zu meistern, andere über ihre und manchmal auf Kosten ihrer Familien zum Lachen zu bringen. Und ja, die meisten von ihnen verhalten sich so ohne Gebühren, aber für die Exposition.

Können Sie zwei lustige Witze auflisten, die Ihr Mann mit Ihnen geteilt hat und die Sie tatsächlich zum Lachen gebracht haben?

Der engagierte Menschenkuss ist wie das Binden von Schnürsenkeln.

WENN WIR LERNEN, unsere Schnürsenkel zum ersten Mal zu binden, setzen wir unseren ganzen Geist und Körper in Bewegung. Wir werden angewiesen, in einem bestimmten Winkel zu sitzen und uns dann bis zu einem gewissen Grad zu beugen, den Fuß anzuheben und auf eine erreichbare Höhe zu stellen. Und dann wird uns die Aufgabe beigebracht, die Saiten zu einem Knoten zu meistern, der intakt bleibt und ordentlich aussieht. Es gibt die Komplikationen und die Typen; das Spitzenende, das auf der linken Seite beginnt, die Schlaufen und Bögen, der Start- und Doppelknoten, et al. Ein paar Versuche und Wochen später meistern wir die Handlung und tun es mit viel Leichtigkeit, ohne zu wissen, dass wir uns einst konzentrieren mussten, um die Koordination zwischen Augen, Geist, Händen und Füßen zu gewährleisten. Sobald ein Merkmal kürzlich erworben wurde, wird es bald zur Gewohnheit. Wir tun genau dasselbe, wenn wir zum ersten Mal hinter dem Lenkrad sitzen, und für viele andere Routineaktivitäten wie das Küssen von „ihm", dem einen. Wir hören auf, uns darüber lustig zu machen, und noch bevor wir es wissen, wird es zu einem Teil der gewöhnlichen Routine, dem Küssen. Und das ist das Schöne daran, wie es sich in den Alltag einflechtet. Es taucht zu jeder Tages- und Nachtzeit auf; zwischen dem Mampfen des Salats um 16 Uhr oder während des Wartens auf den Aufzug. Es findet seinen komfortablen Platz.

SIE

Viele besondere Momente schaffen Raum für die Routine, für den ewigen Kuss.

Zwei Erwachsene, die versprechen, aufeinander aufzupassen, und sich abwechseln, der Hausmeister zu sein; das ist es, was der ewige Kuss, der Kuss auf die Stirn, bedeutet.

Wenn man „ihn" findet und „ihn" heiratet, lernt man den Charme, die Unschuld und die Liebe platonischer Küsse kennen, genau wie bei den leidenschaftlichen. Und während die fiktiven Charaktere davon sprechen, dass Leidenschaft der Schlüssel zu ehelicher Glückseligkeit ist, werden die echten Charaktere Ihnen sagen, wie Routine der Schlüssel ist. Der Komfort liegt darin, mit dem Partner auf demselben Bett aufzuwachen, jeden Tag, genauso wie es darin liegt, die Zähne jeden Tag von links nach rechts und von oben nach unten zu putzen. An der Leidenschaft muss gearbeitet werden, sie muss wiederbelebt werden. Routine passiert einfach.

Es gibt keine Schritte, Diskussionen. Es ist natürlich ohne den Geist und das Herz, Spiele zu spielen. An manchen Tagen wachst du mit dem kreischenden Geräusch des Weckers auf, manchmal mit der süßen Note des Morgenkusses. Manchmal denkt man darüber nach, meistens pflanzt man es mühelos und frei. Zwischen dem Bügeln Ihres Hemdes und dem Verzehr von Müsli teilen Sie einen „Guten Tag"-Kuss und starten den Tag. Während Sie Wäsche waschen, teilen Sie einen „stressabbauenden" Kuss, in Krisenzeiten verlassen Sie sich darauf, um Ihnen Kraft zu geben. Ein glühender Kuss mitten in einer dunklen Nacht, der dunkle Geheimnisse und Leidenschaften teilt. Es gibt kein Anstupsen der Schultern, wenn ein Kuss in einer Versammlung geteilt wird. Es gibt nur Harmonie und Liebe zwischen zwei Lippen, zwei Leben.

Hast du das schon probiert? Wenn ja, dann ist dies die Zeit, in der du zurückblicken und darüber lachen kannst, wie weit du gekommen bist. Vom

DER ENGAGIERTE MENSCHENKUSS IST WIE DAS BINDEN VON SCHNÜRSENKELN.

Ausspionieren von Erwachsenen bis hin zur Selbsterziehung, vom Lesen von Liebesgeschichten, um die Tricks zu lernen, vom Zerbrechen des Herzens, um es zu erleben, vom Verstecken vor den Eltern, um Ihrem Image gerecht zu werden, vom Verlassen darauf, um die Zukunft zu ebnen und sie als eine weitere gewöhnliche Sache des Tages zu betrachten und von Zeit zu Zeit leidenschaftlich und schüchtern zu besuchen, denn schließlich haben Sie einen Mann gefunden, der nur aus Liebe küsst und gerne geküsst wird. Und ja, das Beste an einem „verheirateten" Kuss ist, dass du nie nach einem fragen musst und einfach zusehen musst, wie einer der einfachsten, bescheidensten und besten Liebesausdrücke zu einem Teil deines Lebens wird.

Können wir uns weiterentwickeln?

Die Lösung liegt darin, erwachsen zu werden und aufzuhören, sich um das Küssen zu kümmern. Es wird den Druck verringern, den wir auf Männer ausüben, gute Küsser zu sein, und auf Frauen, sich an ihre ersten Küsse zu erinnern. Es wird eine weniger wettbewerbsfähige Welt sein. Wir werden unsere Kinder besser unterrichten, wir werden auch besser lernen. Außerdem werden wir aufhören zu kichern, wenn Erwachsene sich küssen, Alter, Geschlecht und Beziehung beiseite legen.

Sollte ich aufhören, Popcorn auf Männer und Frauen zu werfen, die Kinokarten kaufen, damit sie sich küssen können? Bitte geben Sie an.

Ich hoffe, Sie haben die Antworten.

- Wie alt sind Sie?
- In welchem Alter, sagten Sie, hat Ihr Bruder geheiratet?
- Bist du dir deiner Verantwortung gegenüber deinen jüngeren Geschwistern nicht bewusst?
- Weißt du, dass ich zwei Kinder hatte, als ich in deinem Alter war?
- Warum wollen Sie LATE heiraten?
- Worauf genau warten Sie noch?
- Was meinen Sie mit „Ich habe nicht darüber nachgedacht"?
- Ein Mädchen wie du sollte schon längst verheiratet sein. Warum sind Sie es nicht?
- Du hast so viele männliche Freunde, dass es keinen gibt, den du magst?
- Sie haben also einen Freund. Und warum sind Sie beide nicht verheiratet?
- Warum werden Sie nicht sesshaft?
- Warum heiraten Sie ihn nicht?
- Wann planen Sie zu heiraten?
- Warum heiraten Sie nicht, bevor Ihr Vater in Rente geht?
- Warum nehmen Sie nicht ab, bevor Sie sich für eine Heirat entscheiden?
- Warum haben Sie sich mit ihm verlobt, wenn Sie ihn nicht heiraten wollten?
- Wissen Sie etwas über die biologische Uhr?
- Wenn Sie mit 30 heiraten, haben Sie keine Zeit für Romantik! Wisst ihr nicht, dass ihr „sofort" Kinder machen müsst?

SIE

> Alle deine Freunde sind verheiratet. Bringen sie keinen Sinn in deinen Kopf?
> Warum erstellen Sie nicht ein Profil auf marriage.com?
> Warum nimmst du die Sache mit dem Heiraten nicht ernst?
> Fühlen Sie sich auf Partys, die nur für Paare sind, nicht ausgeschlossen?
> Haben Sie sich das Social-Media-Profil des von mir erwähnten Freundes angesehen?
> Sehen Sie keine Logik darin, warum die Älteren vorschlagen, dass man im richtigen Alter heiraten sollte?
> Warum wechselst du nicht deinen Job, vielleicht lernst du dann neue Leute kennen?
> Verbringen Sie mehr Zeit in Cafés, sie sind voll von Junggesellen. Mögen Sie Kaffee?
> Eine alleinstehende Frau hat keine Zukunft. Als alleinstehender Mann ist das anders. Wussten Sie das nicht?
> Lesen Sie noch *Mills & Boon*? Genau hier liegt das Problem.
> Warum heiraten Sie nicht im Dezember? Dann kann ich meinen Jahresurlaub nehmen.
> Was soll's, ich habe für deine Hochzeit abgenommen und jetzt sagst du es ab?
> Nächsten Monat! Ich werde zu dieser Zeit Prüfungen ablegen, warum hast du dich nicht bei mir gemeldet?
> Wann werden Sie heiraten?
> Single und 30, was ist los mit dir? Stimmt etwas nicht mit Ihnen?

Kreuzen Sie mit Hilfe eines Bleistiftes die an, denen Sie ausgesetzt waren, oder andersherum. Oder noch besser: Kritzeln Sie in den folgenden Zeilen einige Fragen, die Sie hören/beantworten sollten.

....

....

Ich hoffe, Sie finden eine Antwort, die für Sie richtig ist.

„SIE SIND WAS?"

„Heiraten."

Sobald Sie die Worte formuliert haben, sind Sie bereit, eine Rede zu halten. Sie haben die Welt schon zu lange warten lassen, Sie werden nicht ohne eine angemessene Antwort davonkommen. Eine Antwort, die die Tiefen einer Flut und die Höhen eines Saums hat, die Würze der familiären Missbilligung und die Tristesse und den Funken einer weiteren Liebesgeschichte, die Verzweiflung einer Jungfer und die Akzeptanz von Singles, den Wunsch, leidenschaftlich zu küssen und das Verlangen, Babys zu machen, den Fluch eines Ex-Geliebten und die Momente wahrer Liebe, die Segnungen der Älteren und die Zustimmung der Jungen ... Antworten, die es wert sind, alle glücklich zu machen.

Sie wären verpflichtet, es zu sagen: Warum jetzt, warum er? Sie werden aufgefordert, Ihre Erfahrungen mitzuteilen. Sie werden verhört werden: Wie kommt es, dass Sie jetzt bereit sind? Sind Sie bereit, umzuziehen? Einverstanden, die Arbeit aufzugeben? Warum? Wie kommt es, dass er und nicht der sehr empfohlene?

SIE

Freunde und Verwandte, die versucht haben, Ihnen Geschichten über junge Bräute, Kontaktnummern von potenziellen Bräutigamen und Dating-Tipps aufzudrängen, würden eine passende Antwort erwarten. Versuchen Sie nicht, ihre Fragen damit herunterzuspülen, dass Sie die Liebe gefunden haben oder dass es gerade jetzt so scheint, als sei er das Warten wert gewesen. Das ist ihnen egal. Sie wollen nur, dass Sie ihre Rolle auf dieser langwierigen, deprimierenden Reise anerkennen, um Ihnen zu helfen, sich niederzulassen. Leisten Sie Ihren Beitrag, halten Sie die Rede, bedanken Sie sich und nehmen Sie die Glückwünsche entgegen.

Und machen Sie es schnell. Sie befinden sich auf der Zielgeraden. Es bleibt nur noch wenig Zeit. Schon bald wird sich das Augenmerk auf den nächsten in der Reihe richten. Sie sind jetzt an der Reihe. Das Rampenlicht wird sich auf das nächste alleinstehende Mädchen in der Familie, in der Nachbarschaft oder in der Stadt richten.

Also, ja. Warum?

Ich leide unter zwanghaftem Horten, und deshalb präsentiere ich Ihnen eine Sammlung einiger Antworten, die ich im Laufe der Jahre gehört habe. Nehmen Sie sich ein Beispiel, machen Sie es zu Ihrem.

- ➤ Siehst du das Lächeln auf Papas Gesicht?
- ➤ Ich muss nicht mehr um Erlaubnis bitten, wenn ich mit Freunden ausgehe.
- ➤ Ich hasse es, einen platten Reifen zu wechseln.
- ➤ Ich hasse es, sperrige Kisten zu bewegen.
- ➤ Ich habe kein Geld mehr, um meine Schuhe zu bezahlen.
- ➤ Damit er und ich zu jeder Tageszeit ein Glas Wein trinken können.
- ➤ Damit ich nicht weiter als nach rechts oder links schauen muss, wenn

ICH HOFFE, SIE FINDEN EINE ANTWORT, DIE FÜR SIE RICHTIG IST.

> ich Gesellschaft für einen Film suche.
> Damit ich meine Mutter zu einer Großmutter machen kann.
> Damit ich das Angebot „Kaufe eine mittlere Pizza und erhalte eine weitere gratis" in Anspruch nehmen kann.
> Ich hasse es, auf Kakerlaken herumzutrampeln.
> Ich bin neugierig. Was genau passiert bei diesen Dinnerpartys „nur für Paare"?
> Ich fühle mich ausgegrenzt, wenn meine Freunde über ihre MIL sprechen.
> Mein bester Freund hat kürzlich geheiratet.
> Ich mag es, zu kuscheln und zu schlafen.
> Er ist mein Freund. Die Heirat war natürlich der nächste Schritt.
> Ich möchte unserer Liebe eine Chance geben.
> Ich brauche einen festen Mitbewohner.
> Ich möchte, dass jemand an mich glaubt.
> Ich möchte im Regen spazieren gehen und mich an den Händen halten.
> Ich möchte in einem Doppelbett schlafen.
> Ich möchte im Zentrum der Aufmerksamkeit stehen.
> Ich möchte Liebe geben und zurückgeben.
> Ich will nicht allein sterben.
> Ich möchte einen Tanzpartner.
> Ich möchte meinen Beziehungsstatus auf Facebook aktualisieren.
> Ich möchte die „Jubiläumsangebote" in Anspruch nehmen.
> Mir gefällt die Idee.
> Ich möchte meine Träume mit jemandem teilen, der mir meine Ideen nicht stiehlt.
> Ich glaube, dass es nur einen begrenzten Bestand an guten Männern gibt. Entweder jetzt oder nie.

SIE

➤ Ich möchte Zugang zu „legalem" Sex.
➤ Meine Mutter darf mich nie in Frage stellen, weil ich mit einem Mann in einem abgeschlossenen Raum bin!
➤ Er wird mein Fahrer, Klempner, Elektriker usw. sein, alles in einer Person.
➤ Ich möchte wissen, ob an dem Buch etwas Wahres dran ist: 'Männer sind vom Mars, Frauen sind von der Venus'.
➤ Um meinem Freund zu zeigen, dass ich „ihn" über ihn stelle.
➤ Ich möchte nicht bereuen, dass ich es nicht versucht habe.
➤ Ich brauche jemanden, der zuverlässig die Einkaufstaschen trägt.
➤ Damit wir uns die Rechnungen teilen können!
➤ Damit er und ich von chinesischen Imbissbuden leben können.
➤ Damit ich mit jemandem alt werden kann, wir uns vielleicht gegenseitig die Haare färben oder Zahnprothesen reparieren!
➤ Er ist ein Jackpot.
➤ Hast du ihn wirklich „gesehen"?
➤ Ich möchte das Spiel „Ich hab's dir ja gesagt" spielen.
➤ Ich möchte etwas mitteilen.
➤ Ich bin sehr gut in der Beratung und im Unterricht.
➤ Ich möchte einen Partner in der Kriminalität.
➤ Für Gesellschaft, sonst nichts.
➤ Zu wissen, was es bedeutet, Freunde fürs Leben zu sein.

Moment, da ist noch einer.

➤ Nicht wir suchen uns die Ehe aus, sondern die Ehe sucht sich uns aus. Sie können wählen, ob Sie daran glauben wollen oder nicht. Aber wenn Sie jemanden gefunden haben, den Sie lieben und der Sie auch liebt, sollten Sie an diesem Menschen festhalten. Und wenn Sie sich beide für die Ehe entscheiden, dann können Sie auch heiraten. Wenn

ICH HOFFE, SIE FINDEN EINE ANTWORT, DIE FÜR SIE RICHTIG IST.

Sie das nicht wollen, können Sie es einfach lassen.

P.S.: Ich wünschte, ich könnte hier über die Liebe sprechen, die außerhalb der Geschlechtergrenzen liegt, aber wieder einmal ist dies nicht der richtige Ort dafür, also lassen wir es einfach bei der Akzeptanz der Liebe für alle und mit allen.

Also ja, warum?
Sie haben die Möglichkeit, Ihre Angaben hinzuzufügen.

P.S.: Wie auch immer Sie sich entscheiden, ob Sie Single sind oder heiraten. Ich hoffe, Sie tun es aus dem Grund, den Sie für richtig halten.

Die Welt gehört den *Dicken*.

ES IST DAS Jahr 2004, ich studiere an der Universität. Sie nennen diesen Kurs „Massenkommunikation", was bedeutet, dass uns nach diesem Kurs die Welt zu Füßen liegen wird und wir mit Jobangeboten verwöhnt werden. Sie vergessen, uns zu sagen, dass sie keine Vermittlungsstelle haben. Sie glauben nicht daran, ihre Schüler zu verkaufen. Wir lernen, uns selbst zu verkaufen: Jeder braucht ein Stückchen zu essen und ein Bett zum Schlafen.

Aber das ist nicht der Grund, warum das Jahr in meinem Leben so wichtig ist. Es ist wichtig, weil es das Jahr ist, in dem ich zwei *dicke* Freunde finde, eigentlich drei: die dritte besteht darauf, dass sie auch *dick* ist. Es ist das Jahr, in dem ich lerne, dass die Welt nur die *dicken* Menschen liebt. Und dass ich, die *dünne* Person, niemals die Zuneigung und Aufmerksamkeit der Welt gewinnen werde. Die Welt gehört den *Dicken*. Denkfabriken, Selbsthilfebücher, Blogbeiträge, Videos - alles dreht sich um sie.

Es ist das Jahr, in dem ich mir keine Gedanken mehr darüber mache, wie ich einen Job bekomme, sondern darüber, wie ich mich in der Welt der Fetten nicht einsam fühle.

Fett ist privilegiert.
Ich bin *dünn*.
Wir sind *dünn*.
Wir sind einsam, wir sind das vernachlässigte Los.

SIE

Wir können Menschen nicht als *fett* bezeichnen, weil wir sie damit verletzen würden. Sie dürfen sie auch nicht *Fettsack* oder *Fettsack* nennen.

Man kann uns *dünn, mager, schlaksig, schlank, skelettartig, untergewichtig, nur Knochen* und *keine Haut nennen* und *LUCKY*: Wir werden ergänzt. Wir sind gesegnet.

Das *Fett* braucht Aufmerksamkeit, auch wenn sie ausgewachsen und *aufgeblasen* sind. Sie brauchen mehr Aufmerksamkeit als die *Dünnen*.

Wenn wir uns auf unserem Campus zum Mittagessen hinsetzen, drehen sich die Gespräche darum, was die *Fetten*

> Oh, du Glückspilz!
> Füttere dich selbst, du dünnes Mädchen.
> Meine Güte, haben Sie etwa looooSSSssst mehr Gewicht.
> Oh, du glückliches, glückliches Mädchen.

essen, was die *Fetten* essen, wonach die *Fetten* sich sehnen, wonach die *Fetten* sich sehnen, was die *Fetten* opfern, was die *Fetten* opfern, was die *Fetten* nicht mögen, was die *Fetten* nicht mögen... Niemand fragt mich, was meine Interessen sind. Bei einem solchen Mittagessen nennt mich eine *dicke* Person *unterernährt*. Alle lachen sich über *mich* kaputt. Die *dünne* Bruderschaft soll wissen, dass Mitgefühl nur für die *Dicken* gilt. Wie ich mich ernähre, an einer Krankheit leide, die mich nicht zunehmen lässt, oder mich *schlank* halte, interessiert niemanden. Ich habe einfach Glück gehabt. Sie geben vor, dass sie wissen wollen, wie ich es mache, aber sie lassen mich diese Frage nicht beantworten. Oh, sie hassen mich einfach. Die *Dicken* sind das Gesprächsthema, die *Dünnen* das Objekt des Spottes.

Ich habe Ihnen gerade eines der größten Verbrechen vorgestellt, das Frauen

DIE WELT GEHÖRT DEN *DICKEN*.

gegeneinander begehen können.

Ich sitze geduldig da und höre mir alles an, vor allem, weil ich eine Frau bin. Als Frau soll ich verstehen, dass es ein Fluch ist, eine *dicke* Frau zu sein. Du kannst den Hormonen, dem Verkehr, den Waffeln, der Sonne, der Faulheit, dem Wind, den Genen, den Mitbewohnern, der Krankheit, der Freiheit, den Trennungen, den Kombi-Burger-Mahlzeiten, dem Mond ... so ziemlich allem die Schuld an deinem *Dicksein* geben.

Ist es wirklich ein Fluch? Ist es das?

Zu *FETT* zu sein, zu *DÜNN* zu sein, beides ist nicht ideal. Einverstanden. Aber warum erlauben Sie es, zu urteilen und beurteilt zu werden? Schlimmer noch, warum sollten wir uns selbst und unser Gegenüber beurteilen? Ihre Definition von perfekt ist Ihre. Ihre Ziele in Bezug auf Gesundheit, Schönheit und Fitness liegen bei Ihnen. Meine sind meine. Es ist kein Verbrechen, eine Diät zu machen, und es ist kein Verbrechen, um zusätzliche Mayonnaise zu bitten. Es ist jedoch ein VERBRECHEN, sich gegenseitig vorzuschreiben, was man essen sollte, könnte, oder nicht. Wenn Sie sich keinen Nachschlag leisten können, ist das Ihr GESCHÄFT. In was Sie hineinpassen, ist wiederum Ihr GESCHÄFT.

„Es ist einfach für dich zu sagen, dass du, weil du *dünn* bist, LUCKY bist!" Habe ich Sie das gerade sagen hören? (Nein, ist es nicht. Mein Leben ist genau wie Ihres. Auch mein Spiegel spricht die Wahrheit.)

Frauen sind immer ein KLEINES bisschen zu dies oder ein KLEINES bisschen zu das. Können wir nicht in den Spiegel schauen und uns ein klein wenig über das freuen, was wir sehen?

SIE

Natürlich, das habe ich. Denn eine Frau ist der schlimmste Feind der Frau auf der Waage. Und so reden *dicke* Feinde mit *dünnen* Feinden.

➤ „Oh, du Glückspilz. Sie können Pommes frites als Beilage bestellen! Für mich wird es ein Salat sein. Ich nehme Zitronenwasser, bitte. Cola, für Sie? Ihr Leben ist perfekt. Eines Tages, an einem Cheat Day, werde ich diesen Cheeseburger bestellen!"

➤ „Oh, ich nehme an einem Schlankheitstee-Programm teil. Sie haben keine Ahnung, was für ein GLÜCK Sie haben! Ein Leben ohne Schlankheitsgürtel, Schlankheitspillen, Schlankwerden in sechs Trainings-DVDs & mehr." (*Überraschung! Auch ich schaue mir Teleshopping an, und mein Social-Media-Algorithmus konfrontiert mich ebenfalls mit Werbung aller Art*).

➤ „Ich kann nicht so frei tanzen, wie du in der Öffentlichkeit. Meine Beulen lassen mich einfach nicht. Du genießt es, Mädchen, du glückliches, glückliches Mädchen mit einem fantastischen Stoffwechsel."

➤ „Du scheinst mehr Gewicht verloren zu haben! Das ist gar nicht nötig? Warum bist du auf der Joggingstrecke?"

➤ „Oh, wo wollen Sie denn hin? Ein Urlaub im Bikini am Strand? LUCKY you!"(*P.S.: Nicht jeder schlanke Körper träumt davon, einen Bikini anzuziehen!*)

➤ „Komm schon, du kannst noch eine Portion nehmen. Sie haben das Glück, dass Sie sich das leisten können!"

➤ „Warum nimmst du die Treppe? Nimm den Aufzug, du LUCKY-Penner! Wir müssen die Kalorien verbrennen, nicht du!"

➤ „Oh, du Glückspilz! Du stellst dich in diesem Kleid zur Schau!"

➤ „Willst du mir sagen, dass du schon immer *DÜNN* warst! Du LUCKY, LUCKY b***h!"

➤ „Du bist ein Glückspilz, du isst und nimmst nicht zu! Ich atme und

DIE WELT GEHÖRT DEN *DICKEN*.

nehme Kilos zu!"
➤ „GLÜCK, GLÜCK, GLÜCK."

Und das ist die Art und Weise, wie *dünne* Feinde zurückschlagen WOLLTEN, es aber nicht tun. Stattdessen bieten sie Ihnen beim Abendessen Diät-Cola an, helfen Ihnen in einem Geschäft, die Bauchfalte in der Hose zu finden, und vieles mehr.

➤ „Warum hörst du nicht einfach auf, dich zu beschweren und zu vergleichen? Kann ich jetzt in Ruhe essen und Sport treiben?"

Juhu! Das hat sich gut angefühlt, wirklich gut. Nun, da diese Last von mir abgefallen ist, wollen wir uns wieder der Situation zuwenden und sehen, ob wir nebeneinander bestehen können. Lassen Sie uns versuchen, diese Verbitterung zu überwinden.

Wir können damit beginnen, unseren Körper mit Respekt zu behandeln. Katzenkämpfe sind nicht schön. Außerdem werden sowohl *dicke* als auch *dünne* Frauen (und Männer) verletzt. Akzeptieren wir uns gegenseitig mit Hähnchenflügeln, Muffin-Oberteilen und Bierbäuchen. Ich gelobe, nett zu dir zu sein, wirst du mir den Gefallen erwidern?

Oh, es muss so schön sein, so *dünn* zu sein! Haben Sie jemals etwas gegessen?

Die Welt ist schon gespalten genug, wir sollten sie nicht noch weiter spalten.

Dicke Frauen finden keine Verabredungen. *Dünne* Frauen können keine Dates finden.
Dicke Frauen können keine schönen Kleider finden. *Dünne* Frauen können

SIE

keine schönen Outfits finden.
Dicke Frauen mögen Schokolade. *Dünne* Frauen mögen Schokolade.
Dicke Frauen sind schön. *Schlanke* Frauen sind schön.

Was mich betrifft, so ist mir die Welt weiterhin feindlich gesinnt. Ich bin *dünn*. Ich treibe Sport, weil mein Körper ihn genauso braucht wie Ihrer.

Trotzdem kann ich dein bester Freund sein. Wir können zusammen für S und L oder XS und XL einkaufen. Ich weiß, dass es viel kostet, Gewicht zu verlieren, und ebenso viel, um *schlank* zu bleiben. Eine Freundin aus Kindertagen, die seit 12 Jahren versucht, abzunehmen, und es eigentlich gar nicht *nötig* hat, schaut immer zu mir auf und nickt mir anerkennend zu. „Oh, du hast so viel abgenommen", sage ich ihr jedes Jahr, wenn wir uns zu einem Wiedersehen treffen und den Stand der Dinge nachholen. Sehen Sie, wir können alle Freunde sein.

Ja, ich LIEBE Donuts und Waffeln. Ich Glückspilz, ich Glückspilz!

Ich laufe, springe, schwimme und fahre auch Rad. Oh, du hast einfach aufgehört zuzuhören.

Ja, auf meiner Seite ist das Gras *dünner*.
Ich bin sicher, dass auch *dünne* Frauen Verbrechen gegen dicke Frauen begehen. Schreiben Sie mir, erzählen Sie mir mehr. Ich verspreche, dass ich sie aufgreifen werde. Ich bin bei dir, Freundin. Aber sorry, das war einer für uns, die *dünnen* Underdogs.

Können wir inzwischen aufhören, empfindlich zu sein?(*Idiotisch*)

Dicke Bräute sind SCHÖN.

DICKE FRAUEN HASSEN sich an ihren Hochzeitstagen am meisten. Sie MÜSSEN vor ihrer Hochzeit abnehmen. Als Brautjungfer habe ich meine dicken Freunde unterstützt, indem ich keine Lebensmittel bestellt und gegessen habe, die sie mögen oder nach denen sie sich sehnen oder die ihrem Abnehmprogramm abträglich sein könnten. Und sie alle haben schöne, schlanke Bräute abgegeben.

Dünne Frauen können einfach aufwachen, sich verlieben und heiraten. Sie haben nichts zu verlieren!

„Du musst nicht einmal abnehmen! Warum haben Sie so lange *gewartet(schlechtes Wortspiel!)*? Was werden Sie jetzt tun? Wie werden Sie die wachen Stunden bis zur Hochzeit füllen? Du musst weder Sport treiben noch eine Diät machen!"

Zum Zeitpunkt meiner Hochzeit wog ich einen „beschämenden" zweistelligen Wert.

Es gibt keine Hochzeit ohne Bootcamp, Crunches und Laufband. Meine To-Do-Liste war unvollständig: knochig. Wenn ich mir einen flachen Bauch wünschte, wenn ich daran arbeitete, konnte ich es niemandem sagen. „Aah, das *dünne* Mädchen, das wegen nichts Aufhebens macht."

SIE

Mir hat das Braut-Gen gefehlt.

Und ja, die einzige Person, die mich in all den Jahren nie als *dünn* bezeichnet hat, ist meine Mutter. Sie nennt mich *schwach*. Mütter, sie bringen mein Herz zum Schmelzen. In diesem Sinne: Mütter sind SCHÖN. Mums sind wunderschön. Ich wollte es nur noch einmal sagen.

Du bist der BH, der BH bist du.

BRÜSTE, BRÜSTE ODER Möpse. Twin Peaks?!

Wie nennt man sie heutzutage? In der Öffentlichkeit, meine ich.

Kein Stress, wenn Sie sich mit der Frage unwohl fühlen. Es ist ein *persönliches* Gespräch. Ich respektiere Ihre Privatsphäre. Sie können dieses Kapitel überspringen, aber ich entschuldige mich dafür, dass weder der Verlag noch ich eine Rückerstattung anbieten werden.

Man sagt, Frauen lieben es, sich zu verkleiden, und wir verbringen viel Zeit mit dieser Tätigkeit. Forscher behaupten, dass mehr als zwei Jahre eines Lebens dafür draufgehen. Daher ist es selbstverständlich, dass wir auch diesen Körperteil, d.h. unsere Brüste, sowohl links als auch rechts schmücken.

Das Kleidungsstück, mit dem wir sie anziehen, heißt BH. Sie kennen das wahrscheinlich. Das sollten Sie wissen.

Liebenswert, winzig, miniatur, voll, kolossal, wackelig, empfindlich, glänzend, hüpfend, weich, zart, jung, rosig, mollig, lustig, geleeartig, wild, lustig, nett, frech oder kuschelig. Wir alle haben ein Paar davon. Viele haben auch Adjektive für sie bestimmt, wie Sie sicher bemerkt haben.

SIE

Man atmet also durch die Nase: eine gängige Wissenschaft.
Sie atmen durch Ihre Brüste: gesunder Menschenverstand.
Können Sie die Luft anhalten?
Ja, für wie lange?
Erstens. Zwei. Drittens. Vier. Fünf. (Zählen wir)
Länger halten?

> *Jeder Mensch macht im Leben eine Erfahrung, die ihn so verändert, dass er nie wieder derselbe Mensch sein kann. Sie trägt den Titel „BH-Trag-Erlebnis".*

Ihre Brust wird durch ein Stück Gummiband zusammengehalten.
Die Lunge ist plötzlich nicht mehr in der Lage, gut zu saugen.
Ihre Hände versuchen, den Rücken zu erreichen.
Die Rückseite ist plötzlich zu weit von der Vorderseite entfernt.
Der Tag ist lang. Ich atme so schwer. Die Rückenlehne stört die Harmonie der „halb gefesselten" Silberwesen. Das Band hinterlässt einen Abdruck auf der weichen, jungen, geschmeidigen Haut.
Dem Drang zu kratzen widerstehen.
Ihre Handgelenke sind (metaphorisch) gefesselt.
Mit Handschellen gefesselt, warten Sie darauf, sich zu befreien.

Niemand sollte zu Tode ertrinken oder überhaupt ertrinken (selbst wenn er gerettet wird). Ich weiß nicht, wie tödlich sich Ertrinken anfühlt, weil ich schwimmen kann und auch, weil ich meine Grenzen jenseits von fünf Metern Tiefe kenne; ich weiß nur, dass niemand so etwas durchmachen sollte.

Die Dringlichkeit und das aggressive Treten der Hände und Beine. Die vergebliche Suche nach Luft: Luft, Luft überall, kein Schluck zum Atmen. Elend, Unbehagen: unangebracht.

DU BIST DER BH, DER BH BIST DU.

Haben Sie jemals einen BH getragen? Tragen Sie gerade eine? Können Sie atmen? Ich möchte, dass Sie mir das beweisen, das Atmen. Hier kannst du „Happy Birthday" auf der Mundharmonika spielen, während du eine trägst.

Jeder Mensch macht im Leben eine Erfahrung, die ihn so verändert, dass er nie wieder derselbe Mensch sein kann. Sie trägt den Titel „BH-Trag-Erlebnis".

Können Sie sich an den Tag erinnern, an dem Ihnen plötzlich gesagt wurde, dass „hüpfend" keine erwachsene Eigenschaft ist?

„Oh, du wirst ertrinken, Mädchen."

Eine Erfahrung, die Ihr Leben so verändern würde, dass Sie nie mehr derselbe Mensch sein würden.

Sie brauchen einen BH. Ihre Welt bricht zusammen. Sie müssen angekettet werden. Ja, du kleiner, herumhüpfender Teenager. Weißt du, wie viel Schaden du der Welt zufügst, wenn die Brüste herumspielen dürfen? Natürlich wissen Sie das nicht. *Noch nicht.*

Im Moment wissen Sie vielleicht noch nicht einmal, dass „boobs" ein Wort ist, das für Flirten steht, und „breasts" ein Wort, das oft in Broschüren auftaucht, in denen von „Krebs" die Rede ist; dass die meisten Leute „bust" statt „busy" tippen, wenn sie es eilig haben (T und Y liegen auf der Tastatur strategisch günstig nebeneinander), und dass die Leute kichern, wenn man „tid" bits sagt. Natürlich wissen Sie das nicht. Es wird also sinnlos sein, Sie zu fragen, ob Sie gemerkt haben, dass es Zeit ist, einen BH zu tragen? Weil du es nicht getan hast. Aber alle um Sie herum schon.

SIE

Das tat deine Mutter, als sie dir ein schlichtes, hässliches weißes Gummiband überreichte.
(In den meisten Haushalten wird mit weißen, einfarbigen BHs begonnen: Ich habe keine Ahnung, warum, zumal die Reise der Unterhosen mit der Disney-Prinzessin am Hintern begann.)
Deine Tante tat es, als sie dich mit dem Ellbogen dazu brachte, dich vorsichtig zu bücken.
(Einen tiefen Ausschnitt zu tragen, würde von nun an nicht mehr dasselbe sein.)
Eine Oberstufenschülerin tat dies, als sie ein pinkfarbenes, spitzenbesetztes Etwas unter ihrem weißen Hemd hervorzog.
Das hat ein Fremder auf einem belebten Bahnhof getan, als er Sie begrapscht hat.

Alle um Sie herum wussten, dass es an der Zeit war, eine zu tragen, nur Sie nicht. Man spricht davon, dass man der Letzte ist, der erfährt, dass das Schiff, auf dem man sich befindet, sinkt.

Ja, der BH ist ein Teil von dir. Sie ist die Essenz Ihres Wesens: Sie wurde Ihnen wie ein Erbstück übergeben.

„Du bist der BH, der BH bist du." Zeitraum.

In diesem Moment überlege ich, ob ich Ihnen das Alter verraten soll, in dem „jemand" gemerkt hat, dass ich einen BH brauche, den ich meine? Denn die Welt der Brüste ist unbarmherzig, die Größe zählt (ich weiß, was Sie denken, entschuldigen Sie, ich will das nicht sagen). Mir wurde gesagt, dass sich Männer und Frauen gleichermaßen über ihre Größe Gedanken machen sollten. Dem stimme ich natürlich nicht zu. Ja, es gibt Frauen, die meinen, sie könnten einen Nachschlag gebrauchen und umgekehrt, aber

DU BIST DER BH, DER BH BIST DU.

niemand ist mit dem ganzen „Arrangement" so richtig unzufrieden.

Ja, das Geschäft mit den Brustvergrößerungen boomt. Wenn ich so viel Geld hätte, würde ich einen lebenslangen Vorrat an BHs für die nächste Generation von Frauen, die in die Familie geboren werden, anlegen. Oder vielleicht ein Erdnussbutter-Imperium aufbauen. Oder beides.

Ein weiterer Grund, warum ich Ihnen nicht sagen werde, in welchem Alter ich zum ersten Mal einen BH trug und welche Größe ich jetzt trage, ist, dass „BH-Gespräche" eine persönliche Angelegenheit sind.

Eilmeldung: Moment, das ist es nicht wirklich!

Denn ich habe überall BHs gesehen. ÜBERALL.

An Stränden, in Ihrem Schrank.
In Filmen, in Schaufenstern.
Ich habe schon Hunde und Katzen gesehen, die ihre Besitzer mit der *Flasche* im Mund begrüßt haben! Ich habe Kleinkinder damit spielen sehen. (Sie verstehen den *Feminismus* auch nicht.)
Auf Wäscheleinen, auf Websites.
Unter T-Shirts, hinter

Es macht mich wütend, einem Mann dabei zuzusehen, wie er sich in einem Museum im Schritt kratzt, während ich ein Klo finden muss, um mich an der Brust zu kratzen!

Ich möchte auf einen Planeten auswandern, auf dem ich keinen BH tragen muss.

Nein, ich danke Ihnen. Ich bin nicht daran interessiert, an Quizspielen teilzunehmen, die meine Persönlichkeit anhand der Art, wie ich meinen BH zuhake, bestimmen!

Das beste Gefühl der Welt ist es, nach Hause zu kommen und den BH loszuwerden.

SIE

Couches.
Ich habe es an menschlichen Körpern gesehen.
Ja, ich bin neugierig.

Sie glauben mir nicht? Haben Sie ein Fernsehgerät mit einem Modekanal? Siehst du dort die Frauen, die auf dem Laufsteg BHs tragen? Sowohl in Anwesenheit von Männern als auch von Frauen. *Das ist lächerlich.* Und diese Leute in den vorderen Reihen, bewaffnet mit Notizbüchern und Kameras, dokumentieren MEIN privates Kleidungsstück.

Das Kleidungsstück ist nicht privat, BH-Gespräche sind keine persönlichen Angelegenheiten.

„Es ist nicht nur mein Geschäft. Es gehört auch dir."

„Du bist *auch* der BH, der BH bist du." Zeitraum.

Okay, lassen Sie uns ein Geständnis ablegen: Wenn ich Ihnen sagen würde, dass ich zu früh angefangen habe, sie zu tragen, würden Sie mich dann als Glückspilz oder Pechvogel bezeichnen? Und wenn ich Ihnen sagen würde, dass ich es zu spät getragen habe? Ich weiß nicht, ob ein Mittelweg für Sie akzeptabel wäre.

Ich weiß, Sie würden mich und uns verurteilen.

Wie dem auch sei, mein erstes Mal war wahrscheinlich ähnlich wie Ihres.

Eines Tages sagt uns Mama, dass wir dieses Band um die Brust tragen müssen, und es wird ein Teil unseres Lebens. Genau wie Pickel, Fädenziehen, Nagellack und High Heels.

DU BIST DER BH, DER BH BIST DU.

Puh.

Ein paar Jahre später lernen wir, die Gurte anzupassen und den Erstickungstod zu verhindern.

Ich bin ein Erwachsener.

In dem Moment, in dem man einen BH anzieht, soll man sich darüber freuen.

Feiern Sie dieses plötzliche „erwachsene" Gefühl.
Ja, sicher.

Die Haken bohren sich in die Haut. Riemen hinterlassen rote Spuren. Gummibänder führen zu Hautausschlägen. Drähte tun meiner SEELE weh. Das Netz sammelt sich an einer Stelle unanständig. Die Pad-Linie ist sichtbar. Die Brustwarzen weigern sich, unten zu bleiben.

Und noch schlimmer ist es, wenn sich die sichtbaren Höschen mit dem Kleidungsstück verbinden; BH vs. Busen-Kampf.

Aber niemand hat wirklich die Geduld, sich unsere Sorgen anzuhören.

Feiern Sie dieses plötzliche „erwachsene" Gefühl. Willst du mich verarschen?

Wir müssen aufhören, uns zu schämen.

Wir haben nicht so viel Angst vor dem Durchhängen, wie Sie vielleicht denken. Hören Sie auf, diese *dummen* Artikel in Zeitschriften zu lesen.

SIE

Sie hassen es, sie zu tragen, oder sie mögen es. Auf jeden Fall müssen wir aufhören, uns dafür zu schämen. Sie sind ein wesentlicher Bestandteil dessen, was wir waren, wir brauchen diese Dinge ständig und nicht nur, wenn wir die Treppe rauf und runter rennen.

Wir haben Brüste und die stecken in den BHs, um Himmels willen! Warum müssen wir so tun, als ob es sie nicht gäbe?

Wenn wir auf einer Insel gestrandet wären, würden wir einen BH tragen. Wir müssen ihn nicht einmal bei den fünf Dingen erwähnen, die wir auf der Insel dabei haben werden: Es ist wie ein BH + 5 andere Dinge. Mädchenvorteile. So wichtig sind die BHs für uns.

Wenn wir also der Welt erzählen können, dass wir keine Jeans in unserer Größe finden, sollten wir dann nicht auch über den BH sprechen dürfen? Wie *kausal*.

Und warum können wir es nicht unbeaufsichtigt im Waschraum, auf dem Bett, der Couch oder dem Schrank liegen lassen, ohne dass es uns peinlich ist oder wir auf Ideen kommen? „Ohne damit zu sagen, dass er jetzt mit ihnen spielen kann?"

Die Sichtbarkeit von BHs sollte das Äquivalent zu rüpelhaften Teenagern und noch nicht erwachsenen Männern sein, die ihre Unterwäsche so weit unten tragen, dass wir ihre Pobacken sehen können, oder die ihre Jeans unterhalb der Taille tragen, nur damit wir den Träger ihrer Unterwäsche mit dem Markennamen sehen können.

Es ist anstrengend und unnötig für uns, so zu tun, als ob die Männer „Westen" tragen, während wir „westenlos" durch die Straßen laufen.

DU BIST DER BH, DER BH BIST DU.

Die gute Nachricht: Das Anlegen eines Gurtes ist jetzt akzeptabel geworden.

Und wenn wir schon dabei sind, müssen wir aufhören, über plumpe Witze zu lachen, die sich um Brüste drehen. Oder lassen Sie lüsterne Männer offen darüber sprechen: „Oh, ihre sind frisch, jung und saftig, eine Orange, die in einen Apfel übergeht, oder etwas in der Art."

Nach all dem liegt das wahre Glück darin, den BH am Ende des Tages loszuwerden. Es gibt nichts Besseres als einen ungestörten Schlaf. Das ständige Tragen kann unbequem werden, aber wir sind nicht der Clan, der für den Nationalen Tag ohne BH wirbt. Wie kam es zu dieser Idee? „Wir sind modern, befreit und unabhängig. Wir werden den BH nicht tragen. Wir sind ein freies Land. Warum sollten wir unsere Frechheit verstecken? Wir werden der Welt zeigen, womit wir gesegnet sind". *Blödsinn.*

P.S.: Wie Sie wollen, bitte.

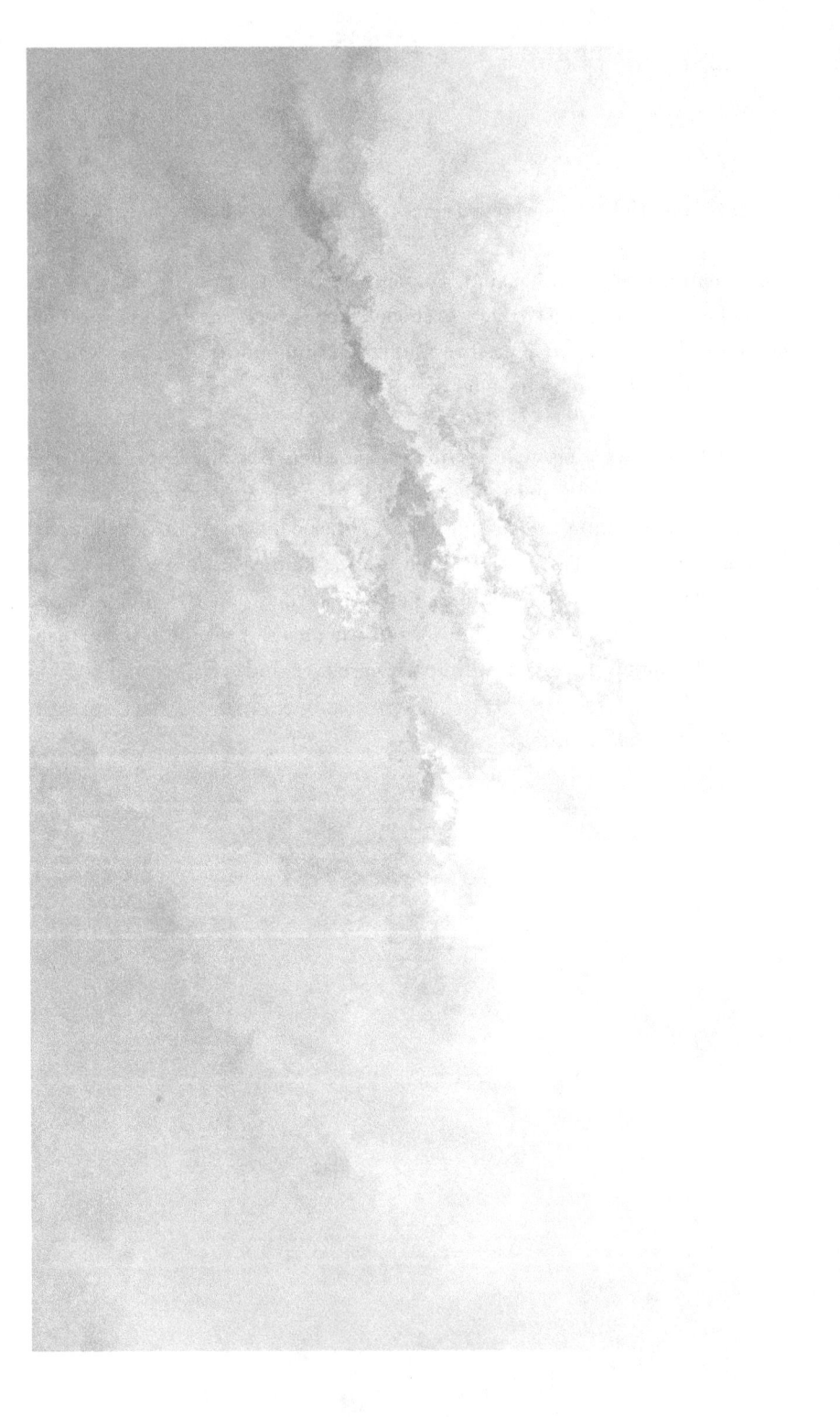

Nein, bitte, ich hätte lieber einen Grilltoaster.

IHR BH IST nicht der Verlobungsring, den jeder sehen wird, aber er muss gut sitzen und gut aussehen. Warum? Weil...

1. Jede zukünftige Braut muss bei der Erwähnung von Victoria's Secret entweder schüchtern lächeln oder ihr kühnes und sexy Selbst anerkennen.
2. Es ist üblich, dass mindestens eine Person in der Hochzeitsgesellschaft einen Witz über Dessous reißt und ein Stück Dessous verschenkt: Das führt zu leichtsinnigem, albernem Gekicher. (Siehe unten)
3. Jede Braut soll für ihre Brüste dankbar sein, denn ohne sie hätte er sie nie geheiratet. Im wörtlichen Sinne ist das wahr, aber ich beziehe mich auf die tiefen inneren Geheimnisse.

Auch, weil über Unterhosen schon genug gesprochen wurde, von Unterhosen über Höschen und Unterhosen bis hin zu G-Strings: eine Frau (eine bekannte, wieder, nicht du und ich), die ohne Höschen aus dem Haus geht, hat sogar für Schlagzeilen gesorgt.

Niemand kauft gerne BHs ein, auch wenn man es Dessous-Shopping nennt. Die einzigen, die das BH-Shopping mögen, sind diejenigen, die während der Hochzeit Witze über Dessous machen und von Ihnen erwarten, dass Sie ebenso aufgeregt, schüchtern oder frech über „ihren" Plan zur Umgestaltung „Ihrer" Unterwäscheschubladen* sind. Sie erfordern einen plötzlichen Wechsel von Baumwolle zu Satin, von Racerback zu Strass-Trägern und von Beige zu Fuchsia. Sie haben keine Ahnung, was Sie die ganze Zeit über unter Ihrer Bluse oder Hose getragen haben (vielleicht haben Sie dort Ihren Glanz versteckt), aber sie wissen, dass es Zeit für einen Wechsel ist.

Eine Erfahrung, die Ihr Leben so verändern würde, dass Sie nie mehr derselbe Mensch sein würden.

Sie würden dich drängen, mit ihnen Dessous zu kaufen, oder schlimmer noch, sie würden dir ein BH-Höschen-Set als Hochzeitsgeschenk machen.

„Nein, bitte, geben Sie mir lieber einen Grilltoaster."

Interessanterweise sollen sowohl verheiratete Männer als auch Frauen bei der Aussicht auf Dessous erregt werden, Ihr Leben soll sich um plötzliche Akte unkontrollierbarer Leidenschaft im Aufzug oder auf dem Küchenregal drehen. Und diese Hochzeitsgeschenke und erzwungenen Einkaufstouren würden den Sex- und Chuzpe-Quotienten der „Ich kann nicht genug von dir kriegen"-Aktionen erhöhen.

Na toll, auf einmal ist nichts mehr Privatsache! Was Sie im Schlafzimmer oder in Ihrer Flitterwochensuite tun, ist öffentlich bekannt. „Oh, wir wissen, was du vorhattest!" Wirklich?

Ja, sicher.

Bei der Renovierung wird auch Wert auf Farben und passende BH-

NEIN, BITTE, ICH HÄTTE LIEBER EINEN GRILLTOASTER.

Höschen-Sets gelegt. „Sehen Sie, die bittere Wahrheit ist, dass mein Mann mich nur geheiratet hat, weil er sicher war, dass ich in der Lage bin, ein Champagnerrosa mit einem anderen Champagnerrosa richtig zuzuordnen, oder ein Papageiengrün mit einem anderen Papageiengrün, oder zwischen Flieder, Mauve und Violett unterscheiden kann."

Wer zum Teufel hat Ihnen gesagt, dass die meisten Männer farbenblind sind? Falsche Informationen, sage ich Ihnen.

Meine Vorschläge:

1. Halten Sie sich von den Frauen fern, die glauben, Ihre Brüste besser zu kennen als Sie selbst.
2. Halten Sie sich von den Frauen fern, die meinen, sie wüssten, was Ihren Brüsten besser stehen würde als Sie selbst.
3. Halten Sie sich von den Frauen fern, die meinen, sie wüssten, welche Art von Busenanblick Ihren Bräutigam verführen würde.

*Haben Sie eine spezielle Schublade für diesen Zweck? Wie bewahren Sie die Feinwäsche an einem Ort auf?

➤ Wäschesäcke, die man in den Hotels mitnimmt, funktionieren gut.
➤ Große Weihnachtsstrümpfe sind auch sehr praktisch. Sonst wären die Strümpfe für den Rest des Jahres eine Verschwendung.

P.S.: Wenn Sie nur für sich und Ihren Mann einkaufen möchten, tun Sie das bitte. Verwöhnen Sie sich, machen Sie ihn glücklich. Ich würde sagen, setz dich nur in deinem BH und deiner Hotpants zu Hause hin. Fühlen Sie sich glücklich. Erinnert sich noch jemand daran, wie die schicke, heiße Carrie Bradshaw(*Sex and the City*, ja, ich schaue mir die Serie immer wieder an) einige ihrer besten Kolumneneinträge schrieb, während sie nur einen BH (und ein Paar Shorts) trug? Bleiben Sie inspirierend, sage ich. Und nein, Sie müssen nicht in Unterwäsche heiß aussehen, lassen Sie den Druck weg. Gut aussehende Frauen in Unterwäsche gibt es für *mich*, für *uns*, nicht. Die Brüste mit Öl massieren, den Pelz mit Wachs einreiben. Diese Diskriminierung muss aufhören.

Ich weiß auch, dass ich gesagt habe, dass ich nicht über die wirklich wichtigen Dinge sprechen soll, aber ich kann nicht anders. Gehen Sie regelmäßig zur Brustuntersuchung. Bekämpfen Sie das Übel namens Brustkrebs mit Bewusstsein und Freundlichkeit. Erinnern Sie sich gegenseitig daran, es JETZT zu versuchen und nicht bis Oktober zu warten. Erinnern Sie auch die Männer daran, regelmäßig zur Vorsorgeuntersuchung zu gehen.

Was wissen Männer über BHs und Brüste? Nichts.

ALS GEMEINSCHAFT HABEN wir beschlossen, nicht offen über BHs und Brüste zu sprechen. In erster Linie, um die Männer zu schützen. Man lässt sie am besten in dem Glauben, dass BHs seidenweiche Stoffstücke sind, die die „Zartheit" schützen, und dass es lobenswert ist, dass sie wissen, wie man einen BH aushängt.

Das ist alles, was sie wissen müssen oder wissen wollen.

Die meisten wollen nicht mit dir einen BH kaufen gehen. Es besteht die Möglichkeit, dass seine Mutter bis jetzt seine Unterwäsche gekauft hat (falls er eine trägt!), eine Verantwortung, die von nun an bei Ihnen liegen könnte.

Er kann die Erleichterung nicht nachempfinden, wenn er sie am Ende des Tages losgeworden ist.
Hören Sie nicht auf ihr Geschwätz über BHs oder Brüste: Sie haben keine Erfahrung mit dem Tragen eines von beiden.

„Und ja, sie zu streicheln kommt nicht annähernd an die Erfahrung heran", sagt eine Größe 34B.

SIE

Wussten Sie das? Als es noch keine Banken gab, gab es BHs, die unser Vermögen sicher verwahrten.

Das sollten Sie wissen. Sowohl Männer als auch Frauen müssen sich regelmäßig einer Brustuntersuchung unterziehen. Ich wollte es nur noch einmal sagen.

Letztes Wort: Die Wahrheit ist, dass Brüste ihren eigenen Kopf haben, und BHs auch. An einem guten Tag machen sie Ihnen keine Probleme, an einem schlechten Tag können sie Sie dazu zwingen, sich im Haus einzuschließen.

Das reicht. Rufen Sie den Anwalt an.

DIE EHE IST etwas für schwierige Menschen. Dazu gehört ein regelmäßiger Lebensmitteleinkauf (von täglich über wöchentlich bis monatlich), der allein schon ausreicht, um den Erfolg einer Beziehung in Frage zu stellen. Besuchen Sie alle Gänge im Supermarkt oder nur die, aus denen Sie etwas brauchen? Gehen Sie abwechselnd in Supermärkte und Verbrauchermärkte? (Ja, sie sind unterschiedlich. Außerdem gibt es den Laden in der Nachbarschaft, der nur das Nötigste hat, und den Online-Shop, der mehr als das Nötigste anbietet, aber man kann die Produkte nicht anfassen und fühlen). Wer erstellt die Einkaufsliste? Sie und wer noch? *Du verstehst es einfach nicht, oder?* Einen Jahrestag zu vergessen ist in meinen Augen verzeihlich, ein Mehrkornbrot nicht. Was werden wir zum Frühstück essen, rote Rosen?

Ehen sind eine kritische Angelegenheit. Wie der Toilettensitz, der Klappsitz auf dem Kacktopf. Ihre Positionierung kann weitaus größere Probleme aufwerfen, als Sie sich vorstellen können. Und wo liegt das Problem wirklich? Wollen Sie es oben oder unten? Willst du damit sagen, dass dein Mann nicht richtig zielen kann? Oder ist Ihnen das Toilettenpapier ausgegangen? Pisst er über den ganzen Sitz, und der Sitz wird unbewacht ohne Regenschirm erwischt, vollgesabbert, nass und unglücklich zurückgelassen? Niemand kann Ihnen helfen, wenn Ihr Mann nicht aufs Töpfchen geht. Antrag auf Trennung. Oder, warte. Es gibt eine andere Lösung, aber nur, wenn Sie es sich leisten

SIE

können. Ziehen Sie in ein Haus mit zwei Badezimmern ein und kennzeichnen Sie diese als „Sein" und „Ihr". Übrigens: Haben Sie sich schon einmal gefragt, warum jeder zweite Ehemann so lange braucht, um zu kacken? Nun, das ist ein Rätsel. Konzentrieren Sie sich später auf die Lösung dieses Problems.

Vom Toilettensitz bis zum nassen Handtuch. Nach zahlreichen Witzen und ernsthaften Diskussionen darüber, dass es in einer Ehe nur darum geht, wo das nasse Handtuch liegt, habe ich beschlossen, diesem wichtigen Element der Verbindung zwischen zwei Menschen in diesem Buch einen Platz einzuräumen.

Filme und Seifenopern wollen uns glauben machen, dass sich Paare am meisten um das nasse Handtuch streiten. Ist da etwas Wahres dran? Kommen Männer wirklich aus der Dusche und werfen das nasse Handtuch wie Konfetti in die Luft und schauen dann verwundert zu, wohin es fällt? Oder platzieren sie das feuchte Element strategisch genau in der Mitte des Bettes? Oder vielleicht haben sie einen Punkt, der es ihnen erlaubt, den Wasserhaufen an dieser Stelle auf dem Boden zu platzieren, so dass du stolperst und fällst und einen Kampf beginnst!

Ich würde gerne glauben, dass die Männer, die wir heiraten, nicht in einem Zoo aufgewachsen sind. Sie brauchen vielleicht einen Schubs, um auf den Balkon zu gehen und die Kunst zu lernen, das Handtuch auf der Wäscheleine auszubreiten, aber das Handtuch ist sicher nicht ihre Art zu sagen: „Lass uns *Tom & Jerry* spielen!" Wenn du wirklich böse sein und Jerry spielen willst, dann bitte ihn, etwas aus dem Kühlschrank zu holen. Die meisten Männer leiden unter Kühlschrankblindheit. Lehnen Sie sich zurück und beobachten Sie, wie er frustriert nach der Milchtüte sucht, die sich auf der rechten Seite des obersten Regals befindet. Warten Sie ein paar Minuten, bis er mit einem Gesichtsausdruck zurückkommt, der besagt,

DAS REICHT. RUFEN SIE DEN ANWALT AN.

dass er alles tun wird, nur nicht die ihm zugewiesene Aufgabe. In diesem Moment lächeln Sie und bieten ihm an, den Karton selbst zu holen, und weisen ihn an, im Gegenzug das nasse Handtuch aus Ihren Augen zu entfernen.

Siehst du, du kannst einen Ausweg finden. Okay, betrachten wir als nächstes die Zahnpastatube. Oben, in der Mitte oder unten, wie drückt man die Paste aus der Tube? Wahrscheinlich wissen Sie es nicht, das ist so, als ob Sie fragen würden, wie Sie Ihre Schnürsenkel binden. Dinge, die man routinemäßig, natürlich und gedankenlos tut, sollte man einfach so lassen, wie sie sind. Holen Sie einen anderen Schlauch, verdammt noch mal.

Die Scheidung ist vielleicht nicht die Lösung, zumindest nicht immer.

Allerdings ist es wichtig, dass Sie sich mit den richtigen Themen auseinandersetzen. Schon seit langem wissen Eheleute, dass sie sich über bestimmte Dinge nicht einig sind, und wir müssen uns daran halten. Ziehen Sie hier bitte nicht die ganze „Wir sind anders"-Nummer ab. Dies ist nicht der richtige Ort. Lernen Sie von den Weisen.

Diskutieren Sie über die Lautstärke, Art oder Häufigkeit seines Schnarchens. (Vermeiden Sie das Thema, wenn Sie selbst schnarchen.) Da es kein Zurück mehr gibt und auch Ohrstöpsel, Ärzte und spezielle Kissen nicht helfen werden, können Sie diese Ehe genauso gut scheitern

Niemand sieht fern, richtig? Netflix-Betrug liegt im Trend. Wir mussten die ganze Diskussion über die Fernbedienung löschen, als das Buch in Druck ging. Wir haben uns damit abgefunden, dass das Fernsehen nicht mehr zeitgemäß ist und gehen davon aus, dass Sie sich nicht mehr um die Fernbedienung streiten werden. Wir alle haben unsere Geräte und Konten.

SIE

lassen. Jeder hat einen guten Schlaf verdient.

Kämpfe um das Schneiden der Nägel, mein zweiter Favorit nach der Fernbedienung, natürlich. Man geht davon aus, dass Frauen, wenn sie ihre Nägel zähmen, schneiden oder verzieren wollen, einen Salon aufsuchen, und Männer, wenn sie dies wünschen, einen Nagelschneider in die Hand nehmen und die Angelegenheit gleich vor Ort erledigen. In beidem steckt nicht genug Wahrheit. Aber ja, Männer finden es bequem, ihre Finger- und Zehennägel zu schneiden und zu hacken, während sie spazieren gehen und mit dem Bluetooth telefonieren, die Zeitung lesen und Tee trinken... und dann verlassen sie in den meisten Fällen (abgesehen von den Männern, die Nagelknipser benutzen, die die Nägel verschlucken) die Stelle mit den Überresten. Sie mögen bei allen anderen Gelegenheiten schlecht im Multitasking sein, aber irgendwie gibt es dieses Handicap nicht, wenn es um das Schneiden der Nägel geht. Glauben Sie mir, in einigen Fällen ist Metrosexualität ein Geschenk. Männer, die für eine Maniküre und Pediküre in einen Salon gehen, klingen wie ein gutes Geschäft.

Wenn Sie mit einer Tüte Kartoffelchips (er hat das Mehrkornbrot vergessen!) auf der Couch

Waren Sie schon einmal mit einem Mann einkaufen? Ist Ihnen aufgefallen, wie viel Zeit er braucht, um ein Paar einfache schwarze Schuhe einem anderen Paar einfacher schwarzer Schuhe vorzuziehen? Sagen Sie ihm, dass beides dasselbe ist, und er wird durchdrehen. Bumm, da liegt die böse Saat, die die Herzen zerreißt. Eiweißshakes, Mitgliedschaften im Fitnessstudio, „Kannst du deine Eltern anrufen", Politik, Spielergebnisse und Blautöne sind ebenfalls ernste Themen. Frauen: Nein, es geht nicht immer darum, wie lange man braucht, um sich anzuziehen oder wie viele Zentimeter man verloren hat. Schmeicheln Sie sich nicht selbst.

DAS REICHT. RUFEN SIE DEN ANWALT AN.

sitzen und irgendetwas und alles (OTT) sehen, wird Ihr Mann wahrscheinlich rülpsen und furzen. Seien wir doch mal vernünftig. Das ist ganz natürlich. Dies ist meine Antwort auf das universelle Thema der Verdauung und der Verdauung. Beide Geschlechter furzen und rülpsen, lautet eine weitere Antwort. Worum geht es also? Der Grund liegt darin, dass Männer und Frauen unterschiedlich stolz auf den Akt sind und daraus Nutzen ziehen. Frauen würden dies heimlich tun, Männer würden es ankündigen, bevor sie sich auf den Weg machen. Man pupst und rülpst, um sich leichter zu fühlen. Frauen können Freundinnen, Müttern, Kollegen und anderen ihr Herz ausschütten. Männer glauben nicht an das Teilen, sie haben keine andere Wahl, als es über stinkende, laute und unausstehliche Handlungen laufen zu lassen. Streit ist gut für den Magen, ebenso wie die Erziehung zum Wert des Wortes „Entschuldigung". Letzteres ist unerreichbar. Ich habe Ihnen gesagt, dass die Ehe eine Herausforderung ist. Bedecke die Nase, die Ohren. Genau wie bei den gasförmigen Elementen haben sich die meisten Frauen damit abgefunden, dass auch Männer ihre Achselhöhlen riechen.

Wir finden es auch in Ordnung, wenn Sie einen Tag, eine Woche oder eine Nacht mit Ihren männlichen Freunden verbringen. Ohne Neidgefühle. Nur zu - trink Bier, iss ein fünf Tage altes Stück Pizza, schrei, während du dir eine Wiederholung eines Spiels ansiehst, rede über Ex und Sex, trage ein Paar Socken mit Kakerlakenscheiße drauf. Nein, nein. Dies ist eine friedliche, distanzierte Situation. Kein Ausbohren der Augen aus der Steckdose. Außerdem glaube ich nicht, dass dies real ist, und das Szenario, das ich gerade erwähnt habe, ist lediglich die älteste Unterhaltungsformel, um Männer darzustellen, die Spaß haben.

Auch, wenn ich gefragt werde: Rafft sich mein Hemd unangenehm auf meinem Bauch? Seien Sie vorsichtig. Ich möchte, dass ihr lange Zeit zusammen seid. Ich glaube an ein glückliches Leben nach dem Tod.

Schwiegereltern: Das ist ein weiterer riskanter Bereich. Dazu kann ich nicht viel sagen. Sie werden natürlich auf meinen nächsten Bestseller in limitierter Auflage warten müssen, der unter einem Pseudonym gedruckt wird.

Andererseits sollen sich Paare auch darüber streiten, ob Pepsi süßer ist als Cola. Oder noch schlimmer, wenn es um Fragen wie Finanzen, Vereinbarkeit oder die Erziehung der Kinder geht. Wenn Sie jemals Zeit damit verschwendet haben, die wertlosen Studien über gescheiterte Ehen zu lesen, dann kennen Sie die Bedeutung dieser irrelevanten Studien. Ich habe genug von dieser und anderen Untersuchungen gelesen. Ich habe ein Gehirn, das sich am leichtesten zum Nutzlosen hinreißen lässt. Wie sonst lassen sich die seltsamen Freunde erklären, die ich habe?

Lassen Sie mich jetzt gehen. Ich muss zurück zu den Lebensmitteleinkäufen.

1. Mehrkornbrot (mit Sesam, Kürbiskernen...), warum können wir nicht einfach Brot essen?
2. Grüner Tee (ich werde verurteilt, wenn ich mich nicht mit diesem Tee eindecke)
3. Açaí (was ist das eigentlich?)

... Ich habe ein Gehirn, das sich am leichtesten zum Nutzlosen hinreißen lässt.

(Platz lassen, für den Fall, dass Sie auch eine Liste erstellen müssen)

Wischen Sie das Wollige aus.

DU BIST 13 oder vielleicht 14. Es ist schwer, sich das richtig zu merken. Sie tragen eine gefährlich enge Jeans, die zu einer Unterversorgung des Gehirns mit Sauerstoff führt. Man nennt sie Skinny Jeans* und jedes Mädchen in deinem Alter besitzt eine davon. Sie werden ausschließlich mit ärmellosen Oberteilen getragen (T-Shirts sind passé). Zu deinem eher unbeholfenen Gang kommen noch die Plateauabsätze mit den furchtbaren, dicken Sohlen. Die Mode ist auf dem Tiefpunkt und hat jeden Teenager in einen unbeholfenen Möchtegern-Modeschöpfer verwandelt, der aufs College geht.

„Sie sind schwer zu betreten", sagst du zu einem Mitschüler. Du sitzt im Schulbus und fährst nach Hause. Am Abend hat sie eine Verabredung. Er ist aus ihrer Mathe-Nachhilfeklasse. Du hast keinen Freund, weil du keine Nachhilfe nimmst, das sagt sie dir jetzt schon zum fünften Mal in dieser Woche, und es ist erst Dienstag. Sie hat dich als ihre Wächterin ausgewählt. Deine Aufgabe besteht darin, vor dem Park in der Nachbarschaft zu stehen und mit dem Wachmann zu sprechen. Deine Aufgabe und die des Jungen Wächters ist es, im Falle eines Problems Alarm zu schlagen und schnell zu handeln, um die Situation zu retten (wenn Eltern oder bekannte Gesichter in der Nähe sind). Ihre beiden Freunde werden im Park sein und Händchen halten. *Vielleicht werden sie sich auch küssen. Igitt!*

Sie möchte, dass auch Sie modisch gekleidet sind. Sie meint es gut, aber dann liebt man seine Füße. „Ich kenne den Wachmann gar nicht, ich werde meine flachen Schuhe tragen", denken Sie, um die Diskussion zu beenden.

SIE

„Trage wenigstens ein ärmelloses Oberteil!!!"

Du hasst sie. Gestern Abend kam sie zu dir nach Hause und trug einen glänzenden Lippenpflegestift, und du hast gehört, wie deine Mutter zu deinem Vater sagte, dass „sie sich nicht ganz so verhält wie du". Außerdem plant sie, sich im nächsten Sommer die Haare zu blondieren. Du denkst, dass sie sehr mutig ist. Sie kann physische Telefonschlösser mit Haarnadeln, Heftern und sogar Gabeln öffnen. Sie haben keine Sperre für Ihren Festnetzanschluss zu Hause, Sie können anrufen, wen und wann immer Sie wollen. „Das liegt daran, dass du keinen Freund hast! Sie haben niemanden, den Sie anrufen können", sagt sie abschließend. Du willst auch keine goldenen Haare haben, versuchst du ihr zu sagen.

Du hasst sie. Aber sie ist deine beste Freundin, und ihr müsst einander lieben, egal was passiert, bis ihr alt werdet und sterbt. Du hast auch nicht den Mut, ihr zu sagen, dass du das ärmellose Oberteil nicht tragen kannst. *Dir wächst etwas unter den Armen.* Wenn du ihr das sagst, wird sie lachen: „Kein Junge wird dich jemals heiraten oder küssen."

Sie hat recht.
Das macht Sie wütend.
Du kannst Mutti nicht fragen, ob du das *Zeug* abrasieren darfst, sie wird dich bitten, dich deinem Alter entsprechend zu verhalten.
Du hasst es, vor deinem besten Freund Geheimnisse zu haben. Du trägst ein T-Shirt zu Skinny Jeans. Sie merkt es nicht, sie hat es eilig, in den Park zu rennen und bei ihrem Freund zu sein.

Wenn Sie, wie ich, in den 90er Jahren aufgewachsen sind, hätten Sie eines dieser Mädchen sein können.
Die mit den sauberen Achseln und einem Freund. Oder die ohne beides.

WISCHEN SIE DAS WOLLIGE AUS.

Wer waren Sie? Ich bin neugierig. Wenn Sie der Mutige waren, hoffe ich, dass Sie freundlicher waren. Und ich hoffe auch, dass ihr beide immer noch beste Freunde seid.

Es war eine schwierige Zeit, in der ich mich für Mode entschied, beste Freunde liebte und versuchte, einen Freund zu finden.

Und zu erkennen und zuzugeben, dass es ein großes Problem gab, eine Situation, die es zu bewältigen galt.
Wir hatten angefangen, uns hier und da und dort in die Wolle zu kriegen, und da unten.
Die Situation war kritisch, vor allem für das Einzelkind unter uns.

Für diejenigen, die ältere Geschwister hatten, war der Weg zu einer glatten Haut vorgezeichnet. Die Schlachten um die Erlaubnis zum Wachsen waren geschlagen und gewonnen, auch Rasierapparate waren gekauft worden, und Haarentfernungscremes waren auch kein Fremdwort mehr. Für andere war die Selbsthilfe die einzige Möglichkeit.

Das Wollige musste gelöscht werden. Zeitraum.
Nur um in ein paar Tagen wieder zu wachsen.
Niemand hat uns das gesagt!

Ich hatte niemanden, den ich nachahmen konnte!

Als ich mein erstes Wachs bekam, sah es aus, als hätte mir die Dame im Salon die Pocken verpasst. Meine Arme waren rot. Wenn überhaupt ein Haar darunter zitterte, verdeckte der Ausschlag es gut. Vierzehn Tage später bemerkte ich frische Keime an meinen Armen, was mich wütend machte. Mein Maßstab für den Haarwuchs waren die Haare auf meinem Kopf, die selbst nach einem Trimm ewig brauchten, um wieder zu wachsen. Der ganze Prozess fühlte sich wie ein Verrat an. Aber ich muss zugeben,

dass es ein schönes Gefühl war. Freundschaftsbänder sahen an sauberen Handgelenken toll aus, und das Tragen kurzer Röcke bekam eine ganz neue Dimension. Und oh, die ärmellosen Oberteile.
Von da an wurde das Leben immer hektischer, denn es gab immer einen Dreh zu erledigen.
Jahrzehnte sind vergangen und wir folgen immer noch dem gleichen Muster, der gleichen Routine. Die Haare sind weiter gewachsen, wir haben sie weiter entfernt. Keiner von uns hat vor, aufzugeben.

Die Prämisse lautet, dass ein Leben mit Körper- oder Gesichtsbehaarung lächerlich ist. Selbst unsere Vorfahren würden die Idee einer Kehrtwende kritisieren. In einer Erzählung der Urgroßmutter eines Freundes wird erwähnt, dass eine Mischung aus Pfeffer und Kampfer zur Haarentfernung verwendet wurde: „Es führte zu einem brennenden Gefühl, wenn es auf die Beine aufgetragen wurde. Einige Frauen mischten sogar Kerosinöl in die Mischung". Ja, es ist bekannt, dass Frauen hochentzündliche Öle verwenden, um saubere Beine zu haben, also zweifeln Sie bitte nie wieder an unserem Engagement. „Diese Mischung ist ausschließlich für die Beine zu verwenden. Sie können statt Kerosin auch Mandelöl verwenden", hatte die Oma hinzugefügt.

Wir werden uns weiterhin engagieren. Selbst wenn die Beseitigung der Haare ein Leben in ärmlichen Verhältnissen bedeutet. Keine Margaritas (von beiden Sorten) an Wochentagen, Fahrgemeinschaften mit Kollegen, die wir hassen, Unterbringung in kleineren Wohnungen, Schlafen ohne Klimaanlage. Wir opfern, um genug für diese wichtige Aufgabe zu haben. Ob Körper, Gesicht oder Kopf: Haare machen unser Leben erst lebenswert.

RASIERAPPARATE, Streifen und Cremes. HAUTAUSSCHLÄGE, **Schmerzen** und **Schnitte.** Brasilianisch, normal und **SCHOKOLADE.** Bürsten, SHAMPOOS, Sprays

WISCHEN SIE DAS WOLLIGE AUS.

(oder Parfums) und Pflegespülungen. EPILIERER, Scheren und Zupfgeräte. **ROLLERS,** Trockner und Lockenwickler. Öle, MASKEN und Gele. Einfädeln, Katori-Wachs und Bleichen. FÖHNEN, Schwanzkämmen und **SPAS**. Kurz, mittel und lang. Poker Straight, **KERATIN** und Glätten. Oberlippe, Stirn, Rücken und Vorderseite. Halbe Beine, ganze Beine, halbe Arme und Achselhöhlen. Einzelne Dips, Einwegstreifen. Adstringens, Rosenwasser und Lotion. **FARBE,** Farbstoff und Henna. Grautöne, Schwarz, Rot und Braun. BÄNDER, **SPANGEN**, Haarklemmen.

Sind Sie ein Rapper? Der obige Text könnte als Lyrik funktionieren. Oder noch besser: Schreiben Sie doch einen Vers, in dem Sie Ihre Erfahrungen über die Jahre hinweg beschreiben! Schließlich können wir alle voneinander lernen. Was ist das Neueste da draußen?

Erdbeerwachs. Laser-Haarentfernung.

Wenn Ihnen also einer von uns jemals sagen sollte, dass wir die Zeit und das Geld, die wir für diese Dinge aufwenden, nicht lieben, nehmen Sie einfach an, dass wir nicht bei Sinnen sind. Wir sind verliebt in unser sauberes, perfektes Leben. Die einfachen Freuden des Lebens bestehen aus Erlebnissen wie dem Wachsstreifen, der mit einem Ruck herausgezogen wird, wobei die Haut manchmal mitgerissen wird. Glauben Sie uns. Wir lieben es nicht nur, unsere Brüste in Haken zu tragen, sondern auch, Pinzetten, Bürsten, Haarnadeln, Clutches usw. in unseren Taschen zu haben. Haare sind das, was wir sind. Das wurde uns schon sehr früh beigebracht. Während Männer also in einer Zeit leben, in der es Tag und Nacht

SIE

gibt, sind unsere Tage durch gute und schlechte Haare definiert, eine Woche vor und nach dem Wachsen, eine Stunde vor und nach dem Föhnen.

Sie wissen ja, dass Menschen mit Gesichts- und Körperbehaarung geboren werden, und wenn sie Glück haben, auch mit weniger, durchschnittlichem oder mehr Haar auf dem Kopf. Nachdem die Mütter gezählt haben und sich vergewissert haben, dass ihre Töchter die richtige Anzahl von Zehen und Fingern haben, untersuchen sie die Körper auf Haare im Gesicht, an den Beinen und überall oben, dazwischen und unten. Da sie beim Anblick von mehr Haaren an den falschen Stellen in Panik geraten, suchen sie schon bald Hilfe bei ihren Müttern. Großmütter werden aktiv. Sie öffnen Schachteln, holen Schöpfkellen heraus und beginnen, eine Handvoll Kichererbsenmehl, ein paar Löffel gemahlene gelbe Linsen, einen Hauch Kurkuma und ein paar Tropfen Zitrone mit ein paar Löffeln Joghurt zu vermischen. Diese Paste war und ist die erste Haarentfernungscreme in unserem Land. Es wird nicht in Tuben beworben und verkauft, aber irgendjemand in jedem indischen Haushalt weiß, wie man es anrührt.

Ja, lange bevor Kosmetikfirmen anfingen, die „feministischen" Cremes zu produzieren, zu bewerben und zu verkaufen, haben unsere Großmütter diese in ihrem Mörser und Stößel hergestellt. Die Mischung wurde (wird) auf die haarbefallenen Stellen aufgetragen und nach dem Trocknen kräftig vom Körper abgerieben, um die weichen, unreifen Haare auf der frischen, jungen Haut zu entfernen. Jedes Mädchen, das in einem indischen Haus geboren wurde, wird Ihnen erzählen, wie übel die Paste roch und wie sie, wenn sie eingetrocknet war, wie hässliche, kotfarbene Klumpen auf der Oberlippe und der Stirn saß - den beiden Zielbereichen. In vielen Haushalten werden die Sonntage noch immer diesem Ritual gewidmet. Es wird geschrien, geweint, geschimpft und beraten. „Wenn du erwachsen bist, wirst du mir dafür danken." Nur einer von 1.000 wächst heran und bedankt sich, der Rest vermeidet klugerweise den

WISCHEN SIE DAS WOLLIGE AUS.

üblen Gestank, die Schmerzen und die Gelbfärbung in jungen Jahren.

Ich gehörte zu den Kindern, die bei ihrem Anblick weggelaufen sind, deshalb mache ich Statistiken wie diese: Im Durchschnitt geben Frauen im Laufe ihres Lebens 23.000 USD für die Haarentfernung aus. Als Kind hätte ich für diesen Betrag 7.180 Barbie Life in The DreamHouse bekommen können. Jetzt ist es zu spät. Man sagt auch, dass wir jedes Mal etwa vier Minuten damit verbringen, uns die Beine zu rasieren (72 Stunden im Leben); außerdem müssen wir uns um andere Körperteile kümmern. Männer hingegen verbringen sechs Monate ihres Lebens mit der Rasur. Ich fühle mich schrecklich für sie. Wir können uns nicht einmal ansatzweise vorstellen, welchen Schaden ein ungepflegter Bart bei ihnen anrichten kann; er kann zu verschiedenen Schlussfolgerungen führen, wie der Pflege eines gebrochenen Herzens, einer entspannten Lebensphase oder einem hektischen Arbeitsplan. Tragisch.

Bei all dem Geld und der Zeit, die mit der Haarpflege verbunden sind, werden Sie mir zustimmen, dass es sich um eine ernsthafte Arbeit handelt, und die Zeit, die ich mit dem Schreiben darüber verbringe, ist die Zeit, in der ich die Triebe zum Blühen bringe. Ich muss mich also kurz fassen.

Zunächst müssen Sie sich über einen Wachstumsplan im Klaren sein, der dann die von Ihnen gewählte Strategie und den Weg bestimmt. Kluge Köpfe wissen, dass man nicht einfach eines Morgens aufwacht und sagt: „Heute lasse ich mir die Arme wachsen". Entschuldigung, aber so funktioniert das nicht. Die Haare müssen eine bestimmte Länge haben, und die Luftfeuchtigkeit muss für eine Waxing-Prozedur geeignet sein. Abendessen, Verabredungen und Hochzeiten werden verschoben, um sie mit dem Zeitplan für das Wachsen zu vereinbaren. Und das ist genau der Grund, warum wir Frauen, die oft ärmellose Sommerkleider und ein Paar Shorts tragen, großen Respekt zollen müssen; sie sind organisiert, akribisch. Wenn ich die Wahl hätte zwischen einer Frau in einem vollärmeligen

SIE

Oberteil und einer Camisole für das Amt des Präsidenten des Landes, würde ich für Letztere stimmen. Hier ist eine Frau, die das Land regieren kann.

Mit 16 brachte mir ein Freund aus der Nachbarschaft bei, wie man zu Hause Wachs herstellt. Die Dose mit dem Wachs direkt auf den Herd stellen. Benutzen Sie ein Messer und ein paar zerrissene Stoffstücke, um die Flusen zu entfernen. Das einzige Problem war, dass sie nicht wusste, wie man danach reinigt, und als wir mit dem Prozess fertig waren, war das Wachs, das auf dem Boden verschüttet worden war, härter als Zement. Wir haben bis in die Nacht hinein den Boden gekratzt.

Das Wachsen verliert gegenüber dem Rasieren, da letzteres nur wenig Aufwand erfordert. „Es lässt dich nie in der Luft hängen", sagte mir ein weiser Ex-Kollege vor sechs Jahren. Ich habe mich noch am selben Tag vom Wachsen verabschiedet. Schäumen, rasieren, ich umarme dich. Es gibt keinen größeren Nervenkitzel und kein größeres Geschenk im Leben, als in ein paar Minuten haarlos zu werden. Ich wusste am längsten nichts von dem Rasierapparat. Eine Klassenkameradin aus der Schule war immer sauber, sie hat ihr Geheimnis nie mit uns geteilt.

Als die Frauen dann zum Rasierer griffen, läuteten die Orthodoxen unter uns die Alarmglocken: raue Haut, Piercing und ungleichmäßiger Haarwuchs. Es war zu spät, wir hatten von der verbotenen Frucht gekostet - Rasierklingen, die sich in die richtige oder falsche Richtung bewegten, hatten uns vom Hocker gerissen. Es gab kein Zurück mehr. Auch den Epilierern haben sie einen harten Kampf geliefert. Im Nachhinein sollte jemand einen Wohltätigkeitsmarkt für den Verkauf von früher geliebten Epiliergeräten organisieren, dann würden sich viele Schwestern der Schwesternschaft melden und einen Beitrag leisten. Im Vergleich dazu schneiden Haarentfernungscremes besser ab. Raten Sie niemandem, sich einen Epilierer zuzulegen.

WISCHEN SIE DAS WOLLIGE AUS.

Die meisten Frauen erinnern sich noch lebhaft an ihr erstes Mal. Bringen Sie das Thema zur Sprache und eine Flut von Worten wird fließen. Sie wissen, worauf ich hinaus will (nein, nicht das). An der Rezeption eines Friseursalons nach einer brasilianischen Behandlung fragen oder vor der Friseurin die Hose ausziehen. *Horror. Schmerz. Die Notwendigkeit. Regelmäßig.* Was die Frauen eint, ist die Tatsache, dass es nach dem Rasieren oder Wachsen kein Zurück mehr gibt. Und doch sind sich alle einig, dass das Bikiniwachs das unnötigste von allen ist. Nach langen Diskussionen über das Thema kamen wir zu dem Schluss, dass es das Brazilian nur wegen der Frauen im Salon gab, die zwar nicht darauf bestanden, aber vorschlugen, es machen zu lassen, und es meist in die Bridal Waxing Packages packten. Viele der Frauen weigern sich sogar, die Haare dort unten mit dem richtigen Namen zu nennen, so groß ist die Abscheu. Schamhaar lässt man am besten in Ruhe.

Kommen wir also zu den etwas harmloseren Themen.

Haare sind auch der Grund dafür, dass unsere Generation sehr wenig geküsst hat.

Unsere Mütter haben uns nicht erlaubt, den Schnurrbart abzunehmen. Als wir jung waren, bestanden sie auf der Verwendung von Hausmitteln, aber als wir erwachsen wurden und unsere Schnurrbärte zu dunkleren Linien heranwuchsen, sagten sie uns, wir seien zu jung, um an die Pflege zu denken: „Ihr seid zu alt, um zu lernen und gute Noten zu verdienen." Selbst Siebenjährige wissen heute, dass sich Jungen nicht in Mädchen mit Schnurrbart verlieben. Die zehnjährige Tochter eines Nachbarn hat darauf bestanden, dass ihr Schnurrbart entfernt wird. Wenn ich sie anschaue, weiß ich, dass ich auf die saubere Zukunft der Welt schaue. Unsere Zeit war eine andere, Mütter waren schwer zufrieden zu stellen. Eine 19-jährige Studienanfängerin erinnerte sich, dass sie nicht nur die Erlaubnis ihrer Mutter für das Wachsen einholen, sondern

auch die beste Freundin ihrer Mutter überzeugen musste.
„Sie wollten wissen, ob ich etwas Böses im Schilde führe, dabei wollte ich nur nicht schwitzende Achselhöhlen haben!"
„Kein Junge wird dich jemals heiraten oder küssen."

Und dann sind da auch noch die Augenbrauen. Meine beste Freundin aus der IX. Klasse

> Ich glaube, unser Jahrgang war der letzte, der bei der Verabschiedung der Schule einen Schnurrbart trug und als die letzten Mutigen in die Geschichte einging, die den Stolz der Männer auf den Lippen trugen. Ein Schulabgänger des Jahrgangs 1998 bemerkte dies. Wir hatten Haare auf unserer Oberlippe!! Brutto.

hat sich ihre Augenbrauen und ihre Stirn viel früher fädeln lassen als ich, sie hat sogar vor mir geheiratet. Sie musste von niemandem eine Erlaubnis einholen, da sie die Älteste von fünf Geschwistern war. Sie bat mich, außerhalb des Salons auf sie zu warten, weil ich ein schwaches Herz hatte. Als sie herauskam, sah sie so wunderschön aus, dass ich nicht anders konnte, als ihr das zu sagen, und zwar mehrmals. Ich konnte nicht glauben, dass sie so viel Fell an sich hatte, wir hätten Handtaschen daraus machen können.

Seltsamerweise sind es die Augenbrauen, die uns am wenigsten stören, es sei denn, wir haben keine Augenbrauen: dann nämlich, wenn der winzige Streifen Haut, der die Stirn mit der Nase verbindet, ebenfalls behaart ist. Wir lebten in Harmonie, auch wenn sie zwischen unseren Brillengläsern hervorlugten.

Aber wenn die Augenbrauen einmal zum Thema geworden sind, lassen sie uns nicht mehr los, bis wir nicht mehr sind. Bis heute habe ich noch keine Frau getroffen, die gerne ihre Augenbrauen formen lässt, denn niemand wusste, dass dies unsere Existenz bestimmen würde. Wir grübeln endlos über das Thema nach,

WISCHEN SIE DAS WOLLIGE AUS.

während wir unser Leben damit verbringen, sie zu rupfen, zu stutzen und in Form zu bringen. Wir mögen sie, wenn sie geformt sind, aber es ist zu viel Arbeit.

Die Haarentfernung ist unser Beitrag zur Wirtschaft. Wir wüssten nicht, was wir mit unserem Leben, unserer Zeit und unserem Geld anfangen sollten, wenn wir nicht die Feder an unserem Körper hätten. Stellen Sie sich vor, Sie würden aufgefordert, die Haarentfernung durch das Schreiben von Büchern, die Leitung von Unternehmen oder die Herstellung von Möbeln zu ersetzen. Urrggh, komm schon. Ich würde das Fädeln jederzeit dem Malen oder Bergsteigen vorziehen.

Was hat sich geändert? Es gibt die Laser-Haarentfernung und das Fruchtwachs. Ansonsten nicht viel. Die Grauen gibt es auch, und wir engagieren uns auch für sie; ansonsten sind wir freundlicher zu Frauen mit Kindern geworden. Wenn sie sagen, dass sie keine Zeit für eine Wachsenthaarung hatten, nicken wir, , *aber das sind nicht wir, die so ein unladyhaftes Verhalten unterstützen*. „Es sind nur Haare", sagen wir unterstützend.

Das Stylen, Färben und Schneiden der Haare auf dem Kopf ist eine weitere Beschäftigung mit uns, und es lässt uns besser aussehen. Es ist ein gutes Projekt, das man in Angriff nehmen sollte, sehr empfehlenswert. Das ist der einfachste Weg, um sich an einem trüben Tag besser zu fühlen.

Kümmert sich jemand darum, was wo wächst? Ja, das sind alle.
Wir engagieren uns, weil der Woolly ausgerottet werden muss. Wir erziehen unsere Töchter nicht anders, als wir selbst erzogen wurden. „Benimm dich deinem Alter entsprechend!" Sie gehen hinter unserem Rücken und benutzen unser Rasiermesser.

*Sie sind wieder in den Regalen, diesmal sind sie gerissen und werden als super dünn bezeichnet; und sogar Jungen und Männer können sie kaufen.

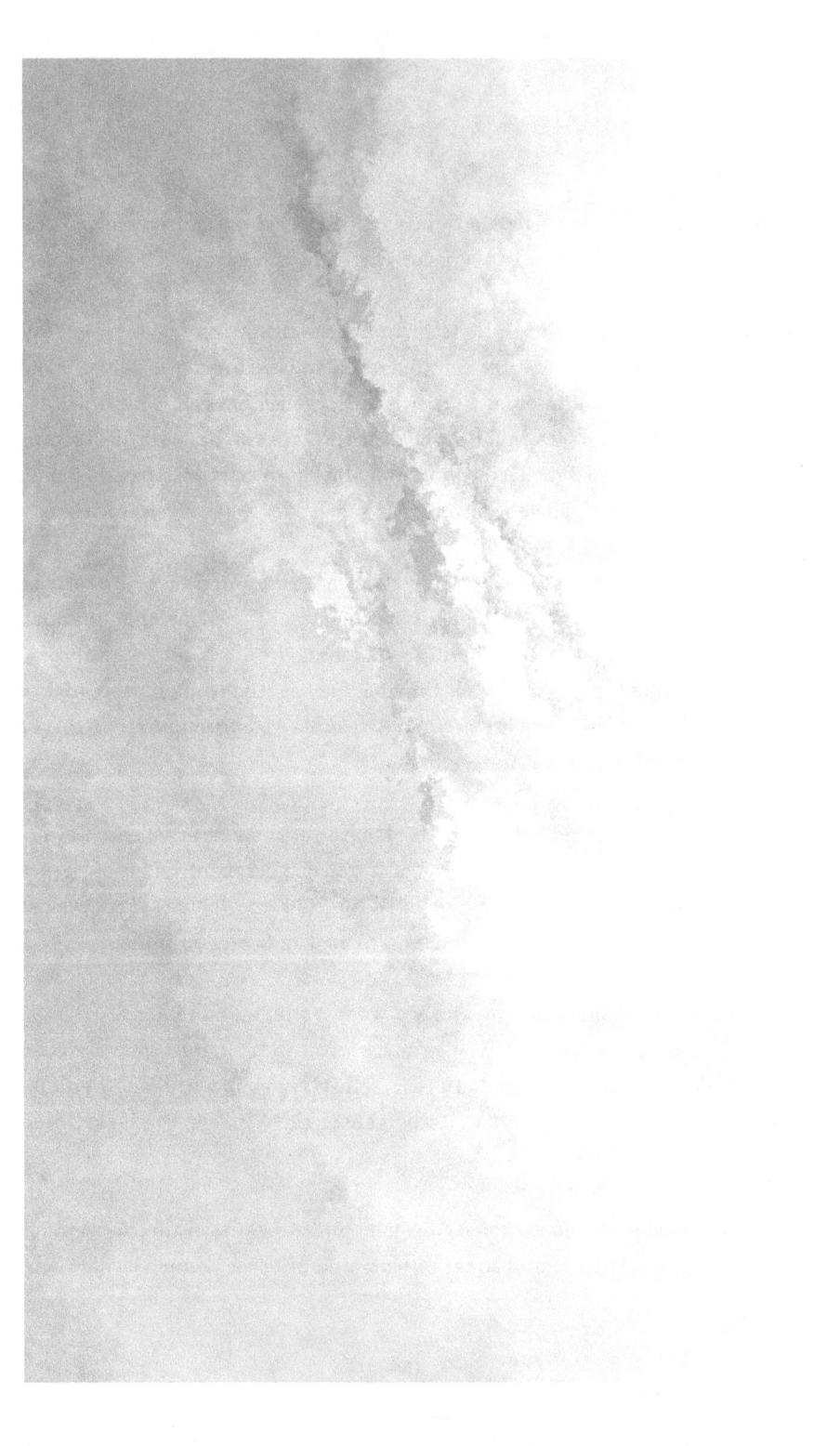

Nein, hier geht es nicht um Befreiung. Igitt.

ZWISCHEN RASIERSCHNITTEN UND Wachsausschlägen gab es vor ein paar Sommern eine Abweichung. Es begann mit der Befreiungsbewegung der Frauen. Bestimmte Gruppen von Frauen haben beschlossen, dass sie die Nase voll haben. Ich war ein Teil von ihnen, nicht ganz. Wir haben einen Krieg geführt, sind ausgebrochen und haben unsere Welt auf den Kopf gestellt. Wir haben beschlossen, es den Kampf für die Gleichstellung der Geschlechter oder *Feminismus* zu nennen. Wir fingen an, Hosen zu tragen und Whiskey zu trinken. Teilnahme an Vorstandssitzungen, Forderung von Beförderungen. Zur Arbeit fahren, Häuser kaufen. Köche für die Zubereitung von Familienmahlzeiten einstellen und Pizzas bestellen, wenn die Schwiegereltern unangemeldet kommen. Aber was die Bewegung wirklich revolutionierte, war die Tatsache, dass wir (hier habe ich mich zurückgezogen) begannen, die Termine für das Wachsen (und Fadenschneiden) in den Salons zu streichen. Augenbrauen. Oberlippen. Achselhöhlen. Brasilianisch. Arme und Beine. Wir kündigten an, dass es uns egal sei, was wo wachse und wie lange wir es bewässert hätten. Wir haben uns befreit gefühlt, zumindest haben wir versucht, das der Welt zu zeigen. Einige sagten, wir würden den Anschluss verlieren, und sie hatten Recht.

Vergiss die Haare, was?

Der Trend sollte daran erinnern, dass *es ihr Körper ist und nicht der eigene.*

SIE

Und jeder von uns wusste ganz genau, dass dies keine Rebellion war, sondern nur ein Haufen Mist.
Kein Junge wird dich je lieben, wenn du etwas wachsen lässt, dieser Gedanke wurde uns schon früh eingeimpft.

Wir lassen uns nicht einmal mit einem zwei Zentimeter großen, unweiblichen Fleck auf dem Kopf erwischen.

Gerüchte machten die Runde und schockierten und verärgerten auch die Männer. Und das, obwohl sie uns aus einem bestimmten Grund geliebt haben. Unsere Shampoos riechen fantastisch. Wir hatten nichts unter unseren Armen zu verbergen. Unsere wenigen Gesichtshaare wurden gebleicht, wenn nicht sogar entfernt, und wir stutzten unsere Körperhaare so regelmäßig wie wir kackten und bürsteten. Das ging so weit, dass sich auch eine Handvoll Männer das Hobby des Anbaus zu eigen gemacht haben. Sie liefen mit gepflegten Augenbrauen herum, trugen Torso-T-Shirts und präsentierten ihre haarlosen Bäuche mit frischen Rasurschnitten. Sie waren von der Idee einer sauberen Brust und eines sauberen Rückens begeistert. Sie ahnen nicht, dass es nur für das Leben aus Leidenschaft war! Superman geht einen Schritt weiter und trägt rote Unterhosen über einer Strumpfhose. Wenn er ein von einer Klippe hängendes Kind retten muss, kann er einfach losfliegen und den Job erledigen, ohne zu prüfen, ob ein Brasilianer fällig ist und ob er sichtbar ist. Es hat seinen Grund, dass alles abgedeckt ist. Schnitt in die Gegenwart. Wir schließen Wetten ab, wie lange die Begeisterung der Männer über die Bändigung der Haare (und zwar aller Haare) anhalten wird.

Die einfache Tatsache der Abweichung ist, dass kein Trend uns davon überzeugen kann, sollte oder wird, wieder 13 zu sein, Fuzzy 13.

Die Modeberichte sind jetzt verschwunden, und wie zu erwarten war, sind wir wieder zur Tagesordnung übergegangen.

Ich habe einen Hund.

ER IST VIER. Er ist töpfchenerzogen. Er weiß, dass er nicht auf der Couch sitzen darf. Er fragt nach Essen, wenn er Hunger hat. Er geht meistens pünktlich ins Bett. Er geht gerne spazieren und spielt mit dem Ball. Er ist ein guter Kerl, an den meisten Tagen. An anderen Tagen nimmt er zu viel von meiner Zeit in Anspruch. Er benimmt sich daneben und schreckt die Leute ab. Er schafft eine Situation an Wochenenden oder an Wochentagen, wenn ich es am wenigsten erwarte. Wenn ich wirklich eine herzliche Umarmung von ihm brauche, ignoriert er mich. Wenn ich keine brauche, besteht er darauf, dass wir uns aneinander kuscheln. Manchmal ist er auch hilfsbereit und holt die Zeitung. Manchmal macht es ihm Spaß, ein Glas mit Keksen auf den Boden fallen zu lassen und auf eine Reaktion zu warten. Ich liebe ihn natürlich. Er liebt mich natürlich auch. Aber es gibt Momente, in denen wir beide das Gefühl haben, dass wir uns aufgeben.

Als ich ihn bekam, war ich mir nicht hundertprozentig sicher, ob ich ihn haben kann. Ich musste hart arbeiten, lesen, lernen und mit ihm wachsen. Ich musste den Mülleimer, die Möbel und den Teppich vor Haustieren schützen. Ich habe meine Urlaube um ihn herum geplant. Ich habe ihm ein

Es geht nicht darum, den Hund nicht zu respektieren. Vielen Dank, bitte.

Flugticket gekauft und auch einen Aufenthalt in einer schicken Kindertagesstätte. Auch er war kooperativ und lernte schnell. Ich habe das Gefühl, dass er mich zu einem besseren Menschen gemacht hat, und die Theorien darüber, dass jeder von uns zumindest einmal im Leben ein Haustier haben sollte, sind wahr. Er hat mich etwas über Wachstum, Hingabe, Leidenschaft, Engagement, Geduld und Liebe gelehrt. Es ist mir auch gelungen, einige andere Dinge zu lernen, von denen ich gar nicht wusste, dass ich sie überhaupt lernen musste. Ich kann ihn jetzt füttern, während ich mit meiner Mutter per Videochat spreche, Tomaten mit dem Mixer zerkleinern und in Gedanken eine Einkaufsliste erstellen.

> Es war nur ein Job, um Himmels willen! Zeitraum.

Mein Hund ist mein Job. Wundern Sie sich nicht. Als Frauen wird uns eingeredet, dass wir unsere Arbeit wie unseren Hund behandeln müssen und dass es auch keinen anderen Weg gibt.

Sie und ich können den Hund so lange aufziehen, wie wir es können oder sollten oder wie wir es uns erlauben können oder dürfen oder wie wir das Glück dazu haben. Und dann, ohne Schuldgefühle oder Bedauern, ohne Freude oder Erleichterung, lassen wir den Hund und uns selbst eine Entscheidung treffen. Meistens sind wir es, die den Hund zuerst aufgeben. Wir wissen nichts Besseres, als mit uns selbst hart ins Gericht zu gehen. Natürlich machen wir das manchmal auch nur für UNS SELBST, und das kann ich nur empfehlen.

Bin ich qualifiziert genug, um ein Haustier zu halten? Möchte ich ihn für eine lange Zeit pflegen? Wurde mir gesagt, ich könne ihn nur für eine begrenzte Zeit haben? Vermisse ich es, ihn nicht zu haben? Bin ich begeistert, dass ich ein neues Zuhause für ihn gefunden habe? Gibt es Zeiten, in denen ich in der Nachbarschaft herumlaufe und neidisch auf die pelzigen Freunde

ICH HABE EINEN HUND.

bin, die andere Frauen besitzen? Enttäuscht es mich, dass ich keine habe?

Diese Fragen werden uns nie gestellt. Außerdem haben wir auch keine sicheren Antworten auf diese Fragen.

Wir wissen nicht, ob es für uns in Ordnung ist, immer einen Job zu haben oder nicht. Es gibt Ausnahmen, okay? Und wenn wir überhaupt einen Beruf haben sollten (oder eine Karriere, wenn wir es wagen, sie so zu nennen), wie sollte sie dann aussehen? Und wenn nicht, sollen wir dann mit dieser Regelung einverstanden sein? Denn bevor jemand etwas für uns entscheidet, ist es in uns verankert, die *richtige* Wahl zu treffen. Wir ziehen uns zurück, bevor wir dazu aufgefordert werden. Zeitraum.

Denn es ist ein Zeichen von Schwäche, Gefühllosigkeit und Egoismus, wenn man seinen Hund über sein krankes Kind stellt. Sie mögen Ihren Hund als Familie lieben, aber er ist keine Familie. Zeitraum.

Denn es ist gut, sich weiterzubilden, seinen Beruf mit Leidenschaft zu erfüllen und ihn zu pflegen. Aber man sollte immer bereit sein, das Opfer zu bringen, das Ego zu zermalmen, sich zu verabschieden und eine Abschiedsrede zu halten. Wenn er zu Hause kackt, müssen Sie den Gestank loswerden. Zeitraum.

Denn es ist in Ordnung, über ein verlorenes Haustier zu weinen, aber es ist nicht in Ordnung, über eine verlorene Karriere zu weinen.

Ja, die meisten Frauen haben einen ~~Hundejob~~, und sie wissen nicht, wie sie damit umgehen sollen. Und das hat wenig mit unserem Mut, unserer Qualifikation oder der Unterstützung unserer Familie zu tun.

Denn mein Hund ist ein Goldfisch, und das ist nicht einmal ein richtiges Haustier.

SIE

Auch ich bin nicht anders, wahrscheinlich sogar schlimmer.

Ich wollte immer Schriftsteller werden. Wie Sie vielleicht bemerkt haben, habe ich noch nicht aufgegeben. Ich arbeite noch daran. Das ist, selbst wenn man schreibt, kein richtiger Job. Ja, ich bin mutig, oder dumm, oder beides. Letztes Wochenende habe ich eine Stunde damit verbracht, mein Portemonnaie, mein Telefon, meinen Schreibtisch und meine Nachttischschubladen zu reinigen. Darin fand ich Notizen für künftige Theaterstücke, Feuilletonartikel, Kurzgeschichten, Gedichtinspirationen und Bestseller-Romane. Ich habe beschlossen, sie in physischen und virtuellen Ordnern abzulegen, denn eines Tages werde ich sie besuchen. Ich habe auch die Tasche, die ich zur Arbeit mitnehme, neu geordnet. Darin befinden sich drei Notizbücher, ein Planer und zwei Bücher (beide mit Lesezeichen versehen). Außerdem gibt es einen Satz Stifte mit lila, schwarzer und türkiser Tinte. Außerdem einen Klick-Bleistift mit einer Schachtel Minen. Für meine Arbeit muss ich mich in ein Café setzen, meinen Laptop aufklappen und schreiben. Oder ich könnte mich auf mein Bett setzen. Oder an meinem Arbeitsplatz im Büro. Dennoch ist das, was ich tue, inakzeptabel und es nicht wert. Ich werde oft gefragt, was ich mache. Ich schreibe, ich sage es ihnen. Das ist in Ordnung, aber was tun Sie dann? Noch bevor ich anfange zu erzählen, zu erklären, werde ich abgewiesen.

> Es war doch nur ein Fisch, um Himmels willen! Zeitraum.

Einen Hund einem Haus vorzuziehen, mag verzeihlich sein, einen Goldfisch einem Hund vorzuziehen, ist Blasphemie. Mein Fisch sitzt alleine in einer Glasschale. Er kann länger leben als die meisten Hunde, wenn er gut gepflegt wird. Es braucht keine Streicheleinheiten und gibt sie auch nicht zurück. Lassen Sie es in Ruhe und es wird sich nicht daran stören. Tippen Sie mit dem Finger auf die Schale und er folgt Ihrer Spur. Mein Fisch zerkratzt keine Möbel

ICH HABE EINEN HUND.

und scheißt nicht. Sie kann nicht einmal ein Kind verscheuchen. Er lebt, schläft, atmet, trinkt, füttert und kackt in seinem Napf. Wenn mein Goldfisch stirbt, wird das von vielen nicht bemerkt. Es nimmt wenig Platz in Anspruch. Es wird keinen Lärm machen. Ich werde leise wimmern.

Das passiert, wenn man sich nicht nur entscheidet, allein in die Zoohandlung zu gehen, sondern auch noch den *unwürdigen, unwirklichen* Menschen sieht. DJs, Designer, Köche, Sänger, Schauspieler, Biker, Künstler… hörst du zu? Und dabei hatte ich gehofft, dass ein Rapper hier ist, der den „Hair"-Song singt!

Auf einige Fragen sollten wir Antworten finden:

Ist es ein Zeichen von Schwäche, wenn man sagt, man habe gekündigt, weil man bei seinem Kind sein wollte?
Ist es ein Zeichen von Schwäche, einer Versetzung zuzustimmen, weil man befördert werden möchte?
Ist es ein Zeichen von Schwäche, einen Hund zu haben oder nicht zu haben?
Wer entscheidet, was Arbeit

Ich hatte immer einen Job, und als ich heiratete und das Land wechselte, wusste ich, dass ich immer noch arbeiten würde. Wenn nicht, so wurde mir gesagt, würde es genug geben, um mich zu beschäftigen. Ich konnte neue Rezepte ausprobieren, Vorhänge für das Wohnzimmer kaufen, einen Film ansehen, in ein Spa gehen oder beim Lesen eines Buches einschlafen. (Und ich liebe es, all das zu tun.) Als ich ein paar Monate lang keinen Job finden konnte (obwohl ich ausgiebig schrieb), wurde mir gesagt, ich solle stattdessen Babys machen, um die Zeit zu nutzen und mein Leben zu beginnen. Die Tatsache, dass ich zu diesem Zeitpunkt in meinem Leben nichts anderes wollte, als wieder arbeiten zu gehen, wurde nie zur Sprache gebracht.

SIE

und Karriere ist und wie viele Stunden wir investieren?

Ich sage, es ist an der Zeit, dass Sie anfangen, diese Antworten selbst zu finden.

Denn Ihre Definition von Arbeit ist eine andere als meine.

Ein Fleck auf Ihrer cremefarbenen Seidencouch bedeutet nicht, dass Sie etwas nicht können. Genauso wenig wie das Essen von Pizzaresten zum Frühstück. Beides deutet darauf hin, dass Sie einen guten Geschmack haben.

Dies war ein Aufruf zum Frieden. Wenn ihr mich jetzt entschuldigen würdet, ich muss Fischfutter kaufen.

Sie sind wieder an der Reihe. Warum teilen Sie uns nicht ein Haustier mit, das Sie eines Tages betreuen möchten? Ein Haustier, das Sie halten dürfen, ohne dass man von Ihnen etwas erwartet. Vergessen Sie für einige Zeit die Sorgen um das Leben nach der Ehe, die Karriere und die Kinder und träumen Sie frei von der Adoption eines Hundes (Lesen Sie: Ein Mädchen kann keine Astronautin sein. Eine Frau kann kein CEO sein. Eine Frau wird nicht in der Lage sein, einen Tatort zu bearbeiten).

Wir sollten uns gegenseitig Schuldgefühle einreden.

ICH MUSS DIE Präsentation bis heute Abend fertig haben.
Ich muss das Haus bis heute Abend auf Vordermann bringen.

Wir zeigen die gleiche Aggressivität und Überzeugung, wenn wir diese beiden Aussagen machen. In der *feministischen* Welt wäre es falsch, das Engagement einer Frau zu beurteilen, sowohl für das Verkaufsziel als auch für saubere Wäsche. Sie meint es ernst, *BIS* der Wäschestapel größer wird als die Ziele. Das ist der Moment, in dem JEDER von uns sie auffordert, langsamer zu fahren. Überprüfen, Prioritäten setzen. Wir sagen ihr, dass es in Ordnung ist, eine Pause zu machen, und das ist es *auch*.

Es ist in Ordnung, eine Pause zu machen. *Ist es das?* Wir sagen ihr, dass sie das alles schaffen kann, dass sie das Waschmittel mit der Frist in Einklang bringen kann, aber wir meinen es nicht so. Wir können ihr helfen, aber wir können nicht in ihre Fußstapfen treten. Wir warten darauf, dass sie ins Wanken gerät. Wir warten darauf, sagen zu können: „Ich hab's dir ja gesagt!"

Wir sind ganz scharf darauf, Schuldzuweisungen zu machen und zu fragen: „Wie kriegst du das alles unter einen Hut?"
Was wir damit sagen wollen, ist: „Du ziehst also eine Vorstandssitzung der

jährlichen Leistung deines Kindes vor?"

Alleinstehende Frauen, berufstätige Ehefrauen, Ehefrauen, die zu Hause bleiben, Ehefrauen, die nicht zu Hause sind. Berufstätige Mütter, Mütter, die von zu Hause aus arbeiten, und Mütter, die zu Hause bleiben. Und all die anderen dazwischen und darüber hinaus. Lass es uns tun, lass uns ein unangenehmes, unnötiges, unbequemes, gemeines Gespräch führen. Lasst uns das Verbrechen begehen.

Männer haben Karrieren. Frauen haben Schuldgefühle.

Was wir sagen	Was wir meinen
Oh, ich weiß nicht, wie Sie das schaffen, es muss so schwer sein, sie bei einem Kindermädchen zu lassen.	Wie kann sie ihr Kind in die Hände eines Fremden geben? Ist es so wichtig, einen Job zu haben?
Oh, ich würde alles tun, um zu Hause zu bleiben und den ganzen Tag für mich zu haben.	Ich kann mir gar nicht vorstellen, zu Hause festzusitzen! Mahlzeiten kochen, Wäsche waschen, Lampen abstauben ... und wenn das alles erledigt ist, was macht man dann, warten, bis die Kinder und der Ehemann nach Hause kommen?
Warten Sie, bis Sie Kinder haben.	Das ganze Gerede von der Karrierefrau wird an dem Tag enden, an dem sie schwanger wird!

WIR SOLLTEN UNS GEGENSEITIG SCHULDGEFÜHLE EINREDEN.

Warte, bis du verheiratet bist.	Oh, das ganze Gerede über eine Karriere wird sich in dem Moment legen, in dem sie heiratet.
Wunderbar! Sie planen, ein zweites Kind zu bekommen!	Kündigen Sie wenigstens jetzt Ihren Job. Erziehen Sie zunächst das Kind, das Sie haben, gut.
Sie nehmen die Stelle also an. Heißt das, dass Sie beide in zwei verschiedenen Städten leben werden? Oh, die Ferne macht das Herz schöner!	Wie soll das jemals funktionieren? Warum kündigen Sie nicht? Ist Ihnen diese Ehe völlig gleichgültig?
Die Arbeit kann hektisch werden.	Kein Wunder, dass wir dich nie auf einer der Geburtstagsfeiern der Klasse sehen!
Die Arbeit von zu Hause aus ist schwer zu verfolgen.	Oh, das ist kein richtiger Job! Sie schlägt nur die Zeit tot.
Oh, Ihre Kinder haben so viel Glück! Sie haben Mami ganz für sich allein.	Es gibt mehr im Leben als eine Mutter zu sein.
Es ist schön zu wissen, dass Sie eine unterstützende Familie haben.	Ich frage mich, was ihre Schwiegereltern davon halten, dass sie so unabhängig ist.
Oh, eine Hausfrau zu sein, ist eine Menge Arbeit!	Was genau tut sie? Los geht's mit Kätzchenpartys!

Haben Sie nicht ein schlechtes Gewissen, wenn Sie zu Hause bleiben und stattdessen arbeiten könnten?	Was für ein erbärmliches Leben.
Haben Sie nicht ein schlechtes Gewissen, weil Sie arbeiten, obwohl Sie zu Hause sein könnten?	Was für ein erbärmliches Leben.

Jetzt, wo wir damit fertig sind, uns gegenseitig zu beschämen, lasst uns reden.

Ich vermute, Sie wollen unbedingt wissen, wie wir Arbeit und Privatleben unter einen Hut bringen, mit dem Nudelholz in der linken Hand, dem Laptop in der rechten, dem Drücken des Aufzugknopfes mit dem linken Ellbogen und dem Kuss auf die Stirn unseres Kindes (Ehepartners), wenn wir aus der Tür eilen. Oder vielleicht wollen Sie wissen, wie ich mich zu Hause entspanne, wenn ich Strickjacken stricke, Kuchen backe und mit den Nachbarn tratsche.

Frauen, ihr könnt nicht alles haben, auch Männer können nicht alles haben. Aber wir können entscheiden, was alles dazu gehört.

Denn eine Nicht-Mama muss gehört werden.
Denn das geht nur uns etwas an, Mami und Nicht-Mami, und wir respektieren *uns*.

DU BIST VERDAMMT PREGGERRRSS!!
Ich bin so HAPPPyyyyyyYYY für dich.
Du bist eine Mutter! S**t!!! So ein Mist! So ein Mist! Ich freue mich sehr für SieUS!
Ich weiß, wie sehr Sie sich das gewünscht haben, und ich kann mir jetzt schon vorstellen, wie viel Freude das kleine Knuddelkind Ihnen bringen wird. Ich freue mich sehr für Sie. Moment mal, ich weine hier gerade und führe meinen peinlichen Freudentanz in der Öffentlichkeit auf. Ich weiß, ich habe mir geschworen, diese Bewegungen nie in der Öffentlichkeit zu zeigen, aber diese Nachricht verlangt es.

Ich sorge mich um Ihr(e) Kind(er), das werde ich immer tun. Sie können sich auf mich verlassen.
Ich akzeptiere hiermit demütig die Rolle der Patin. Ich fühle mich geehrt für Ihr Vertrauen in mich. Auch ich strahle vor Stolz, denn ich weiß, dass

SIE

ich mir das Vertrauen auf diesem Weg verdient haben muss.

Sprechen Sie mir nach.
In mir haben Sie ein Kindermädchen, das auftaucht und die Verantwortung übernimmt, egal wie die Situation aussieht.
Erstes Töpfchen oder eine Durchfall-Situation. Der erste Zahn taucht auf oder ein Sturz von der Schaukel.
Pfiffe und Beifall. Der lauteste wird von mir kommen. Beim Violinkonzert am Tag der Talente. Bei der Abschlussfeier, bei der Hochzeit. Selbst wenn sie unter der Dusche Reime singen, werde ich sie anfeuern, während wir mit Seifenblasen spielen. Abholung von der Schule. Bastelprojekte. Schwimmunterricht. Windeln einkaufen. Auswahl an Kleidern und Krawatten.

Mädchen, ich werde dich decken. Ein Blick, ein Anruf oder eine Nachricht genügen, und ich bin da.
Das ist eine große, gute Nachricht, und ich gratuliere Ihnen von ganzem Herzen. Ich stehe Ihnen 24x7x365 Tage zur Verfügung, um Sie bei dieser Aufgabe zu unterstützen.

Aber es gibt ein ABER.

ABER Sie sollten wissen, dass ich noch mehr zu bieten haben werde und auch mehr von Ihnen verlangen werde.
Ihr(e) Kind(er) liegen mir wirklich am Herzen, das wird immer so sein. Aber du solltest wissen, dass mir mehr an *dir* liegt, an *uns*. Das werde ich immer tun.

Mir ist die Farbe des Kinderbettes wichtig, ich verstehe, dass der Stoff weich sein muss und die Kanten glatt. Die Schriftzeichen an den Wänden des Kinderzimmers gefallen mir. Sie können mir am Telefon von seinen schwachen, bezaubernden Rülpsern vorschwärmen, ich werde kichern.

DENN EINE NICHT-MAMA MUSS GEHÖRT WERDEN.
DENN DAS GEHT NUR UNS ETWAS AN, MAMI UND NICHT-
MAMI, UND WIR RESPEKTIEREN *UNS*.

Aber ich möchte wissen, ob Sie sich in dem Still-BH wohlfühlen. Ist das Fütterungskissen so gut, wie es in der Werbung gezeigt wird? Haben Sie Ihr Mittagessen gegessen oder sind Ihre Geschmacksnerven noch im Mutterschaftsurlaub? Das möchte ich wissen. Nein, ich weiß nichts über das Stillen oder Abpumpen, und nichts über die Verdauung von Babys oder das Furzen. Aber ich kann googeln und einige Tipps geben.

Ich bin mir sicher, dass du ein paar tolle Fotos von ihm gemacht hast, und er sah auf der Bühne einfach hinreißend aus. Oh, ich liebe auch ihre Ballerina-Videos. Wenn Sie mehr haben, schicken Sie sie uns. Ich werde es mit all meinen Freunden teilen und stolz auf unseren kleinen Künstler sein. Aber wenn ich Wiederholungen davon gesehen habe, möchte ich, dass du mir auch ein Bild von dir schickst. Ich weiß, wir haben uns geschworen, keine Selfies zu machen, aber schick sie trotzdem rüber. Ich verstehe, dass du so sehr damit beschäftigt warst, die Blätter auf sein Kleid zu kleben, dass du kaum Zeit hattest, dich zu schminken. Ich rate Ihnen, die Bürste in Ihrer Tasche zu benutzen (oder ihre!), sich im Taxi zu kämmen und ihre Babytücher zu benutzen, um Ihr Gesicht zu reinigen. „Du siehst PERFEKT aus! Viel Glück für den großen Tag!" Ich schicke eine SMS zurück.

Ich habe mir die Namen seiner Teddybären, ihrer Prinzessin, seiner Kampfflugzeuge und ihrer Popstars gemerkt. Ich weiß, wie gut sie in ihrem Rechtschreibtest abgeschnitten haben. Ich habe mir eine Mappe besorgt, in der ich alle Karten abhefte, die sie für mich gemacht haben. Ich interessiere mich für ihre Noten. Aber sagen Sie mir, hatten Sie schon Gelegenheit, Ihren Lebenslauf zu aktualisieren? Sie haben erwähnt, dass Sie wieder an der Arbeit teilnehmen wollen. Machen Sie sich immer noch Gedanken darüber, dass Sie sich nur zu 99,9 % in ihr wissenschaftliches Projekt einbringen? Komm vorbei, du brauchst ein warmes Bad und eine ernsthafte Beratung. Bis dahin werde ich den Wein kühlen.

SIE

Ich weiß, dass die Mahlzeiten etwas Besonderes sind. Ich weiß, dass sie gekochten Brokkoli liebt und Pilze nicht mag. Ich weiß, dass er Joghurt der Milch vorzieht. Die Party zum fünften Geburtstag, die du organisiert hast, hat mir sehr gut gefallen. Ich mochte die Schneckensandwiches, und der Kuchen war, OMG, so süß. Ich weiß, dass die gefrosteten Schmetterlingsflügel nicht richtig auf den Gänseblümchen saßen, aber weißt du was, niemand hat es so genau bemerkt. Ehrlich gesagt sind mir die anderen Details, die Piñata und die Partygeschenke ziemlich egal. Was mir wichtig ist, ist, dass Sie mir sagen können, wie erschöpft Sie waren, als Sie das alles erledigt haben. Es ist mir wichtig, dass Sie mich angerufen haben, um die damit verbundenen Kosten zu besprechen. Sag mir, dass du diesen Kuchen probieren konntest. Es war das Beste, was du je gebacken hast.

Ich weiß, dass seine Schulzeit um zwei Stunden verlängert wurde. Ich weiß, dass Sie für diese zusätzliche Zeit gebetet haben. Puh. Sie können jetzt eine ganze Seite Ihres Lieblingsbuchs ohne Unterbrechung lesen. Du kannst bei geschlossener Tür duschen. Ich weiß, dass du, wenn sie zu Hause ist, die Tür immer offen lässt, nur für den Fall, dass sie dich braucht (selbst wenn ihr Vater in der Nähe ist, könnte sie dich genau in dem Moment brauchen, in dem du dir Shampoo auf den Kopf drückst!) Es ist mir nicht egal, wie du dich in dieser Zeit fühlst. Fühlen Sie sich entspannt? Glauben Sie, Sie können jetzt am Salsa-Kurs teilnehmen, von zu Hause aus arbeiten oder mit mir einen Kaffee trinken gehen? Oder haben Sie begonnen, ihn zu vermissen? Ich möchte es wissen.

Ich bin zwar eine schlechte Sängerin und mir ist es egal, welche Musik Sie in Ihrem Auto spielen, aber ich weiß, dass sie schon immer Musikerin werden wollte. Es ist mir egal, was Ihre Schwiegereltern, Verwandten und Nachbarn über ihre Berufswahl zu sagen haben. Ich hoffe nur, dass du ihr geholfen hast, den richtigen Weg einzuschlagen, und nicht eine Tante, die meint, dass Singen nur ein Hobby sein kann. Diese Tante ist mir egal. Es ist mir wichtig, dass Sie mutig genug waren, Ihren Kindern beim Entdecken

DENN EINE NICHT-MAMA MUSS GEHÖRT WERDEN.
DENN DAS GEHT NUR UNS ETWAS AN, MAMI UND NICHT-
MAMI, UND WIR RESPEKTIEREN *UNS*.

und Träumen zu helfen. Wenn Sie mir mehr darüber erzählen wollen, rufen Sie mich um zwei Uhr morgens an, ich verspreche, dass ich aufmerksam zuhören werde.

Sie ist verdammt WHAAAAAT??? Ich bin so HAPPPyyyyyyYYYY für sie, ihr US! Sie wird heiraten!!! S**t!!! So ein Mist! So ein Mist! Ich freue mich für sie, für dich, für UNS! Ich komme rüber. Wir können das nicht am Telefon machen. Sagen Sie mir nicht, dass er „gut" ist. Sagen Sie mir nicht, dass er „nett" ist. Sagen Sie mir, dass Sie, als er das Haus betrat, Lust hatten zu tanzen! Sagen Sie mir, was Sie beunruhigt hat. Sag mir, dass du, als sie beide gegangen sind, SEHR VIEL geweint hast, weil du glücklich oder traurig oder glücklich-traurig oder traurig-glücklich warst. Sollen wir einen Freudentanz aufführen? Ach, komm schon, niemand beobachtet uns, niemand interessiert sich für schräge Oldies, die in einem Café mit dem Bein wackeln!

Ich weiß, dass ihr Zimmer so ist, wie es immer war. Ich weiß, dass sie Sie besuchen und Sie wollen sicherstellen, dass ihre Lieblingsspeisen auf dem Tisch stehen. Sie sind mit eigenen Kindern aufgewachsen, aber sie brauchen ihre MUTTER, und ihre MUTTER braucht sie ebenso sehr. Ich hoffe, sie merken, dass du ihnen das schnelle WiFi besorgt und die Krusten von den Brotscheiben abgeschnitten hast (so wie sie es als Kinder mochten). Aber ich wünsche mir, dass sie dir an deinem Geburtstag Blumen und einen Kuchen schicken. Ich hoffe, dass man Ihnen zum Muttertag gratuliert, auch wenn wir beide nicht viel von solchen Tagen halten. Ich bete dafür, dass sie sich um dich kümmern. Ich hoffe, sie küssen dich ohne jeden Grund, egal wo du bist, und flüstern oder schreien: Ich liebe dich Mutti!

Denn wenn sie es nicht tun. Mädchen, nur ein Blick, ein Anruf oder eine Nachricht und ich komme vorbei.

Es ist mir egal, dass du nie aufhören wirst, eine Mutter zu sein. Das wusste

SIE

ich schon an dem Tag, als du mir erzählt hast, dass dein Schwangerschaftstest positiv war! Und Sie und ich würden niemals wollen, dass sich das ändert. Es ist mir egal, ob Sie einen Jungen oder ein Mädchen oder beides bekommen haben. Es ist mir egal, ob Sie ein Kind haben oder zehn großziehen, für mich zählt nur, dass Sie sie bekommen haben, weil Sie sich dafür entschieden haben, sie zu bekommen. Nicht, weil die Tante deines Mannes es für wichtig hielt, dass du einen hast. Ich hoffe, dass Sie und Ihr Mann diese Entscheidung gemeinsam getroffen haben und zu dem Zeitpunkt, als Sie beide das Gefühl hatten, dass Sie bereit sind, Eltern zu werden. Nicht, weil Ihre Bekannten Sie immer wieder nach den „guten Nachrichten" gefragt haben. Mich interessiert, ob ihr euch daran erinnert habt, einander mit mehr Respekt, Liebe und Geduld zu behandeln, als ihr Eltern wurdet. Ich möchte, dass ihr wisst, dass ihr auch Partner und Eltern seid. Die Streitereien, die Sie mit Ihren Schwiegereltern, Ihren Eltern oder Ihrem Mann wegen Erziehungstipps, Problemen und Fehlern hatten, interessieren mich nicht. Denn wir beide wissen, dass Sie das Beste getan haben und tun, was Sie können oder konnten. Und dass nichts anderes wichtig ist. Ich weiß, dass du dir ein Baby gewünscht hast, seit du deine erste Periode hattest!

Was mich interessiert, sind die Momente, in denen Sie sich überwältigt, verärgert, überglücklich, erschöpft oder verärgert fühlen. Es ärgert mich nicht, dass Sie Ihr Kind weinend im Zimmer zurückgelassen haben, um einen Film zu sehen, an einer Vorstandssitzung teilzunehmen oder sich auszuweinen, weil Sie sich hilflos fühlten und nicht wussten, wie Sie es zur Ruhe bringen sollten. Versprechen Sie mir, dass Sie mir von beiden Momenten erzählen werden: Als du das Gefühl hattest, so schnell wie möglich auf sie zuzulaufen, weil du sie umarmen wolltest, und als du so schnell wie möglich von ihnen wegrennen wolltest, weil sie dich verrückt gemacht haben.

Es ist mir egal, dass Sie keine Zeit haben, Ihre ausgewachsenen Augenbrauen oder Ihren Schnurrbart zu bändigen. Was mir wichtig ist, ist, dass du mir

DENN EINE NICHT-MAMA MUSS GEHÖRT WERDEN.
DENN DAS GEHT NUR UNS ETWAS AN, MAMI UND NICHT-
MAMI, UND WIR RESPEKTIEREN *UNS*.

jedes Mal, wenn ich dich frage, wie es dir geht, sagst, *wie es dir geht.*

Aber mittendrin wird es Momente geben, in denen ich ein Gähnen nicht unterdrücken kann oder auf mein Handy schaue. Das ist der Moment, in dem ich möchte, dass Sie aufhören, über Ihr Leben, Ihre Kinder, Ihre Gewichtszunahme und Ihr vaginales Trauma zu lästern. Es wird Zeiten geben, in denen ich möchte, dass du tief durchatmest und mir zuhörst, in denen ich dir sagen möchte, dass du dich vielleicht in eine zwanghafte Mutter oder einen Tyrannen verwandelst. Vielleicht würde ich zu wütend und sauer aus der Tür gehen, in diesen Momenten würde ich wollen, dass du dich zurücklehnst und dich fragst, warum du mich wieder einmal nicht in dein besetztes Leben quetschen konntest. Ich werde mich darauf verlassen, dass Sie in solchen Momenten vernünftig handeln.

Ich kann Ihnen nicht versprechen, dass Sie IMMER GUT sind. Es wird Momente geben, in denen ich ungeduldig sein werde. Momente, in denen es mir schwer fallen wird zu verstehen, was so wichtig ist, was so falsch ist, was so... blah-blah ist. Aber ich verspreche, mich auf die Socken zu machen, denn was mich am meisten interessiert, ist, dass du mich an deiner Reise als Mutter teilhaben lässt. Und wir beide sind zusammen aufgewachsen. Während Sie sich entschieden haben, Mutter zu sein, habe ich mich entschieden, Tante zu sein. Und ich möchte, dass Sie meine Entscheidung, mein Wesen und meine Rolle respektieren, so wie ich verspreche, Ihre zu respektieren.

So, und jetzt möchte ich meine Bitte an Sie richten. Ich werde versuchen, es kurz zu halten.

Mami, es ist schwer, mit dir mitzuhalten, das wird immer so sein.

Denn Ihr Tagebuch wird immer mehr Fußballunterricht, Kunstunterricht und Wissenschaftsausstellungen haben. Denn Sie werden auch zu weiteren

SIE

Geburtstagsfeiern eingeladen. Denn Ihre Küche wird sich um ein pingeliges Kind kümmern. Denn Sie balancieren mehr als Arbeit und Zuhause, Sie jonglieren zwischen Zuhause, Arbeit und Kindern. Denn ja, eine Mama wird immer beschäftigter sein als eine Nicht-Mama. Und darüber werde ich nicht diskutieren.

Aber ich möchte, dass du dich auch anstrengst, um mit mir, der Nicht-Mama, Schritt zu halten.

Zunächst möchte ich, dass Sie die Gründe kennen, warum ich mich entschieden habe, keine Mutter zu sein, und ich möchte, dass Sie diese respektieren. Ich möchte, dass du weißt, dass ich glücklich bin, wo ich mich in meinem Raum befinde. Vielleicht mag ich das Aroma von Babypuder, aber ich mag es nicht genug. Ich weiß es zu schätzen, dass du mich überredet hast, meine Wahl zu überdenken, weil meine biologische Uhr tickt. Aber ich möchte, dass du weißt, dass ich mir des Weges sicher bin, den ich eingeschlagen habe. Ich interessiere mich nicht für die Tanten oder Nachbarn, Kollegen oder Eltern, Schwiegereltern oder Geschwister, Wäschereifrauen oder Sportlehrer, Gynäkologen oder Augenchirurgen, die nicht verstehen, warum ich kinderlos sein möchte. Oh, kinderlos, ich muss ein verrückter, egoistischer Mistkerl sein, um dieses Wort auszusprechen. (Pssst...vielleicht kann das arme Ding keine Kinder haben!)

Was mich stören wird, ist, dass du an mir zweifelst, deine Unfähigkeit, meine Entscheidung zu verstehen. Denn als Frau möchte ich nicht, dass Sie mich dafür verurteilen, dass ich mich für den *modernen*, den *inakzeptablen*, den *undenkbaren* Weg entschieden habe. Ich würde erwarten, dass du keine Augenbrauen hochziehst oder Witze über meine unbeholfene Einstellung machst. Wir sind uns beide einig, dass keiner von uns um einen nährenden, gebenden oder mütterlichen Instinktwettbewerb konkurriert.

Ich möchte, dass du weißt, dass mein Partner und ich HAaaaaaPPPPY

DENN EINE NICHT-MAMA MUSS GEHÖRT WERDEN.
DENN DAS GEHT NUR UNS ETWAS AN, MAMI UND NICHT-
MAMI, UND WIR RESPEKTIEREN *UNS*.

ausflippen! Ich möchte, dass Sie sich für ~~mich~~ freuen.

Wenn du in mein Haus gehst und siehst, dass ich die Kissen an die Untersetzer angepasst habe und sie beide an ihrem richtigen Ort sind, möchte ich, dass du es schätzt. Denn es ist alles hübsch, ordentlich und organisiert. Denn dafür habe ich mir die Zeit genommen. Mein Zuhause ist sauber, nicht weil ich keine Kinder habe, sondern weil ich es so mag und darauf hinarbeite. Oder umgekehrt.

Wenn du mich anrufst und ich auf dem Weg zu einer Frucht-Gesichtsbehandlung bin oder mir einen Late-Night-Film buche, dann sag mir: „Genieße es!" Erwähne nicht, wie glücklich ich bin, mich außerschulischen Aktivitäten hinzugeben, während du ein verschrobenes Dreijähriges stillst. Wenn ich ein Kleid trage, das sich an meinen Körper schmiegt, aber ich es schaffe, nett auszusehen, sag mir, dass ich PERFEKT aussehe. Ich habe nicht das Glück, dünn zu sein, oder nur dünn, bis ich mich entscheide, ein Kind zu bekommen. Ich bin fit, weil ich Radfahren, Schwimmen und Wandern genieße.

Ich möchte, dass du dich darum kümmerst, wie frustrierend es für mich ist, den Leuten zu sagen, dass ich kein Kind will. Und wie keine Antwort jemals gut genug ist. Wenn ich Ihnen sage, dass ich nächsten Monat einen Preis bei der Arbeit bekomme oder Kinokarten für einen Film habe, den ich nur mit Ihnen sehen möchte, dann hoffe ich, dass Sie die Zeit finden und die Vereinbarung treffen können, dort zu sein. Wenn ich Sie anrufe, um Ihnen zu sagen, dass ich einen schlechten Tag habe, weil ich meinen Lieblingsohrring verloren habe oder meine Lieblingsrolle in der Show gestorben ist oder ich mein Verkaufsziel nicht erreicht habe, hoffe ich, dass Sie ein geduldiger, unabgelenkter Zuhörer sein können.

Ich wünschte, du könntest dich darum kümmern und dies als unseren Kampf betrachten.

SIE

Warum? Weil ich dasselbe für dich getan hätte, wenn du dich anders entschieden hättest.

Gehen Sie ins Kino, schwimmen. Mädchen, ich habe es abgedeckt. Ich werde Baby sitzen. Aber ich möchte wissen, dass du auch für mich gesorgt hast.

Ich werde mich nie dafür entschuldigen, dass ich nicht weiß, wie genau dein Tag aussieht, und ich würde auch nicht erwarten, dass du dich entschuldigst. Ich werde dein Leben vielleicht nie ganz verstehen, und ich würde auch nicht erwarten, dass du es auch tust.

Es ist mir wichtig, dass ich Ihnen sagen kann, ohne mich schuldig zu fühlen, dass ich Geld für ein neues Auto gespart habe, auch wenn Sie mir gerade gesagt haben, dass Sie Ihres für die Ausbildung Ihrer Kinder loslassen müssen. Ich hoffe, du kannst dich immer daran erinnern, dass auch ich Wäsche und Lebensmittel habe, um die ich mich kümmern muss. Ich hoffe, du kannst dich daran erinnern, dass du auch einmal eine Nicht-Mama warst, und ich habe dich genauso respektiert und geliebt. Ich hoffe, du kannst einen Kampf für mich aufnehmen, wenn mir jemand sagt, dass ich gut in meiner Arbeit bin, weil ich NOCH keine Mutter bin. Ich wünschte, Sie würden ihnen in meinem Namen sagen, dass KINDER nichts mit meinem Kaliber, meiner Wahl, zu tun haben.

"Die Frage, die Frauen oft gestellt wird, ist nicht, ob sie Kinder haben möchten, sondern wann sie sie bekommen. Und ich wünsche Ihnen und mir, dass Sie beide wissen, dass es ihnen egal ist, ob wir ein Kind haben oder nicht, oder ob wir ein zweites oder drittes Kind haben, und dass ihre Meinung von "nur ein Junge wird eine Familie vervollständigen" uns nichts bedeutet.

DENN EINE NICHT-MAMA MUSS GEHÖRT WERDEN.
DENN DAS GEHT NUR UNS ETWAS AN, MAMI UND NICHT-
MAMI, UND WIR RESPEKTIEREN *UNS*.

Denn ich würde diesem jemand INS GESICHT schlagen, wenn er/sie dir deinen Erfolg wegnehmen würde, Anerkennung von dir, weil du KINDER hast. Meine Vorschläge, Meinungen und Ratschläge zur Kindererziehung bedeuten Ihnen vielleicht nichts, denn ich bin nicht in Ihren Schuhen, aber ich hoffe, Sie haben die Geduld, ihnen trotzdem zuzuhören. Vielleicht schaue ich meine Nichten und Neffen an und habe meine schwachen Momente. In diesen Momenten hoffe ich, dass Sie nicht schnell sagen: „Aber ich habe es Ihnen gesagt..."

Ich hoffe, dass du und ich eines Tages der Welt zeigen können, dass eine Frau eine andere Frau verstehen kann. Als Nicht-Mama habe ich selten die Chance, mich Gehör zu verschaffen, und ich hoffe, Sie können mir eine ehrliche Chance geben, meine Meinung zu sagen. Ich hoffe, meine Bedenken und Ansichten werden nicht unter einem Blogbeitrag mit dem Titel „10 Gründe, warum es Spaß macht, keine Mutter zu sein" oder „10 Dinge, die man tun kann, bevor man Mutter wird" begraben. Weil das Leben, wie wir beide wissen, nicht so leichtfertig ist.

Weil du, mein Freund, es liebst, eine Mama zu sein und dir niemandes Meinung im Weg stehen lässt. Weil ich, mein Freund, es liebe, eine Nicht-Mama zu sein und mir niemandes Meinung im Weg stehen ließ.

Die oberflächlichen Details von Mutterschaft oder Nicht-Mutterschaft sind mir scheißegal. Hauptsächlich ist es mir wichtig, dass Sie und ich beide stark, sensibel und uns bewusst genug sind, dass wir unsere Entscheidungen getroffen haben und dass wir wirklich versuchen, nicht zu versagen, einander nicht zu respektieren.

Denn wenn wir versagen, werden wir uns gegenseitig versagen, Mädchen.

SIE

Ich werde jetzt aufhören, denn ich weiß, dass du zu deinen Mami-Pflichten zurückkehren musst, und ich weiß, dass die Erziehung eines Kindes in der Tat eine RAKETENWISSENSCHAFT ist. Aber ich möchte, dass Sie wissen, dass ich auch Ziele, Hindernisse, Hasser und Pflichten habe.

Es ist mir wichtig, dass du dich daran erinnerst, mir zu meinem Geburtstag zu wünschen, auch wenn du ein frühes Eltern-Lehrer-Meeting hast. Ich werde nur lächeln, wenn du mir sagst, dass du eine Erinnerung dafür setzen musstest! Aber wenn ich mich über uns aufrege und spüre, dass wir auseinander wachsen, werde ich ein Problem ansprechen.
Ich kümmere mich darum, dass Sie wissen, dass ein Abschluss in Astronomie eine ebenso große Feier verdient wie die Geburt eines Kindes.

Wiederhole mir nach: Nichts davon spielt eine Rolle.

Du und ich sind beide VOLLSTÄNDIG, wo wir stehen.
Ich weiß, dass dein Leben schön ist. Wisse, dass meine es auch ist.
Wenn es Momente gibt, in denen Sie jemandem sagen möchten, dass Sie es an manchen Tagen satt haben, Mutter zu sein, denken Sie daran, dass diese Person ich sein kann. Ebenso werde ich zu dir kommen, wenn ich müde bin.

Warnung: Ja, das war eine lange Lektüre und es folgt eine weitere lange Lektüre. Denn sowohl eine Mama als auch eine Nicht-Mama verdienen in diesem Leben den maximalen Platz in diesem Buch. Unsere Aufmerksamkeitsspanne ist geschrumpft, nicht unsere Pflichten. Also, .lesen Sie weiter

Denn eine Mama muss gehört werden.
Denn das ist zwischen uns, Mama und Nicht-Mama, und wir respektieren *uns*.

DU HAST ES ihnen gesagt!! Woohoo!! Nun, das ist mein Mädchen.
Nein, warte, warte, warte, warte! Lassen Sie mich mich hinsetzen. Ich muss alles wissen, alle Details bitte.
Das Telefon ist leise, das Babyphone in der Nähe meiner Augen, meiner Ohren. Ich klapperte nicht mehr über ihre Schule, seine Mahlzeiten. Oh, lass mich auch das Peppaschwein ausschalten.
Schießen.

„*Also, Zeit für gute Nachrichten! Zwinkern, zwinkern! Es ist Zeit, Mädchen!*"
„*Du meinst über meine Beförderung oder unsere neue Wohnung? Err...*"
„*Komm schon, gute Nachrichten! Junge oder Mädchen und wie viele? Kichern!*"
„*Wir haben keine Kinder.*"
Pin Drop Stille. Peinliche Stille. Das Schweigen des Urteils!
„*Was? Aber du bist jetzt schon eine Weile verheiratet, zwei-drei Jahre, oder?*

SIE

Die Uhr tickt. Nochmal, wie alt bist du?"
"Fünf Jahre. Wir sind seit fünf Jahren verheiratet."
"Dann?"
"Wir haben darüber nachgedacht und wollen keine haben."
"Sicher?"
"Ja. Sehr."
"Ist alles in Ordnung zwischen euch beiden? Sind die Dinge medizinisch gesund? Entschuldigen Sie meine Frage, aber ich bin wirklich besorgt. Was meinst du damit, dass du es nicht willst? Du bist eine Frau, wie kannst du das sagen?"
"Ich weiß deine Besorgnis zu schätzen. Aber wir wollen keine Eltern sein."
"Bis wann? Und was ist mit deinen Eltern? Liebst du sie nicht?"
"Tut mir leid, wie hängt das zusammen?"
Blah, blah.
"Oh, du wirst deine Meinung ändern. Und ich kann nur hoffen, dass es bis dahin nicht zu spät ist."

Puh.
Wie auch immer. Du verdienst eine Auszeichnung. Das sind große, große Neuigkeiten. Die Nachricht zu brechen und das Wort „kinderlos" in einem öffentlichen Raum auszusprechen. Herzlichen Glückwunsch. Das nenne ich eine Zurschaustellung von wahrem Mut und das auch mit Gelassenheit.

Ich hatte Ihre Ansichten über die Mutterschaft immer gekannt und ich bin so froh, dass Sie sich wohl fühlen und in Frieden mit Ihrer Wahl leben können. Wie viele der Frauen da draußen durften/konnten das tun? Viele, die es vielleicht wollen, erliegen dem Druck von Schwiegereltern, Eltern, Tanten und Onkeln, sogar Partnern. Oh, ich hoffe, du weißt, dass dies nur eines der vielen Male war, dass du gebeten wurdest, deine Liebe füreinander, deinen Respekt für deine Eltern, dein MEDIZINISCHES Wohlbefinden zu

DENN EINE MAMA MUSS GEHÖRT WERDEN.
DENN DAS IST ZWISCHEN UNS, MAMA UND NICHT-MAMA,
UND WIR RESPEKTIEREN *UNS*.

erklären und zu rechtfertigen...nur weil du keine KINDER willst!

Natürlich haben Sie meine volle Unterstützung. Ich allein verspreche, in deinem Team dein Schild zu sein.

Ein Wort und ich werde auftauchen. In meinem Kampfanzug, mit meinem Schwert. Du weißt, dass ich Superkräfte habe, oder? Die Mami-Superkräfte!

Aber es gibt ein ABER.

ABER du solltest wissen, dass ich mehr zu bieten habe als das und auch mehr von dir verlangen werde. Du bist mir wirklich wichtig, das werde ich immer tun. Aber du solltest wissen, dass ich mich auch um *uns* kümmere. Das werde ich immer tun.

Ich lächle, wenn ich daran denke, dass du nach der Schwangerschaft nie gegen Dehnungsstreifen kämpfen musst. Und ja, Sie werden nie von Angesicht zu Angesicht mit einem Haufen Schwangerschaftskleidung konfrontiert sein und sich fragen, ob Sie sie wegwerfen oder aufbewahren sollen, nur für den Fall, dass Sie ein weiteres Brötchen backen möchten! Du wirst nicht das erleben, was ich die Schuldgefühle beim Einkaufen von Umstandsmode nenne. Aber wisst ihr was, das sind triviale Details. Ich hoffe nur, dass es nicht die Angst vor Wehenschmerzen ist, oder die Angst, ein Baby in sich zu tragen, oder Selbstzweifel, eines aufzuziehen, die hinter Ihrer Entscheidung stehen. Denn wenn es so ist, dann kann ich sowohl Ihr Google als auch Ihre Live-24-Stunden-Chat-Option sein. Ich weiß viel darüber, wie man schiebt, bis man ein Jammern hört, und wie man die Welt missbraucht, während man auch schiebt! Ich weiß viel über die Stiche, die weh tun und die Brüste, die nicht kooperieren. Und ich verspreche, ich werde deine Hand halten und dir helfen, ruhig zu bleiben, wenn es sein muss. Was ich wirklich von Ihnen

SIE

hören möchte, ist, dass Sie zu 100 Prozent von Ihrer Entscheidung überzeugt sind und sie aus einem Grund treffen, der für Sie und Ihren Partner richtig ist. Dass es mir nichts ausmacht, mehrmals zu hören.

Ich freue mich zu wissen, dass du neue Freunde findest, Nicht-Mama-Freunde. Und ich freue mich, dass Sie mit ihnen eine ausgefallene, verrückte Ladies Night geplant haben. Es versteht sich von selbst, dass Sie wunderschön aussehen werden. Aber warten Sie, haben Sie etwas zum Anziehen, ich meine etwas Nettes? Ich werde dich darum bitten, jedes Mal, wenn du aussteigst. Außerdem werde ich Sie daran erinnern, das schwarze Kleid nicht mehr zu tragen. Du hast es schon oft genug getragen. Wie wäre es mit dem orangefarbenen, schlage ich vor. Ich biete dir sogar an, dir meine Bauchdeckenstraffershorts zu leihen, wenn du sie brauchst. Ich warte darauf, dass du mir ein Selfie schickst, kurz bevor du gehst, und ich schreibe zurück: Du siehst PERFEKT aus! Ich werde dich drängen, ohne mich weiterzumachen und hoffe, dass du die Auszeit genießt. Aber ich hoffe auch, dass du mich nicht bemitleiden wirst, dass ich hier bleibe, um mich um meine Zweijährige zu kümmern, mit Lockerheiten, oder kein Gesicht machen wirst, wenn ich flache Schuhe wähle und über High Heels und Mojitos schlafe.

Teilen Sie mir die Zahlen mit. Sei es die Anzahl der Verkaufsziele, die Sie erreichen müssen, oder die Anzahl der unbeantworteten Mails in Ihrem Posteingang. Ich möchte wissen, ob deine Vorbereitung auf das Vorstellungsgespräch gut läuft. Ich werde einen Kuchen backen, um deine Beförderung, deinen neuen Job zu feiern. Aber ich würde mir Sorgen machen, wenn Sie Mahlzeiten überspringen würden, um Fristen einzuhalten oder Doppelschichten zu arbeiten. In diesem Moment buche ich Ihnen ein Spa. Ich würde dich auch bitten, mehr grünen Tee zu trinken und auch Meditation zu versuchen.

Ich schätze, nicht viele Leute fragen dich, wie du Arbeit und Zuhause in

DENN EINE MAMA MUSS GEHÖRT WERDEN.
DENN DAS IST ZWISCHEN UNS, MAMA UND NICHT-MAMA,
UND WIR RESPEKTIEREN *UNS*.

Einklang bringst. Vielleicht sagen dir einige sogar, dass du in Nachtschichten arbeiten sollst, weil du keine Kinder hast, um die du dich kümmern musst. Oder schau dich schockiert an, wenn du ihnen sagst, dass du keine Zeit zum Schwimmen oder für dieses und jenes hattest. Schließlich hängt Ihnen kein Baby an der Schulter. In diesem Moment werde ich Sie bitten, Ihren Planer herauszunehmen und ihm zu zeigen. Ich möchte, dass du sie beschämst und ihnen sagst, dass du unabhängig von deinem Status als Nicht-Mutter Meetings besuchen, Geschenke und Lebensmittel kaufen, Schränke putzen, Abendessen veranstalten und Anrufe tätigen musst.

Kerzenlicht-Dinner, oh, sie sind etwas Besonderes. Wer hat gesagt, dass Instantnudeln ungesund sind? Was für eine perfekte Speisekarte. Ich bin so froh über eine Abwechslung, dass du nicht vom Kochen besessen bist. Ich frage mich oft, wie du das alles machst! Probieren Sie neue Rezepte aus, planen Sie Überraschungen für Eltern, kaufen Sie Vorhänge für das Wohnzimmer, lesen Sie wöchentlich ein Buch, erinnern Sie sich an die Geburtstage und Jubiläen aller und arbeiten Sie darüber hinaus so lange!

Puh, wie Mädchen, wie? Und selbst wenn du mir morgen sagen würdest, dass du deinen Job kündigst, würde ich keinen Schock ausdrücken. Ich würde dir niemals sagen, dass du dir einen Job suchen oder an einem Koch- oder Malkurs teilnehmen sollst, nur weil du keine Kinder hast. Aber wenn ich sehe, dass Sie jedes Mal unglücklich sind, werde ich Sie dazu überreden, die Rückkehr zur Arbeit zu bewerten. Wenn nicht, werde ich am glücklichsten sein, wenn ich dich beim Fernsehen ansehe, Kerzen mache oder lange schlafe!

Deine Nichten und Neffen werden früher aufwachsen, als du möchtest. Sie würden dich vielleicht nicht oft treffen, beschäftigt mit ihren Terminen. Außerhalb einer Reise werden sie es vielleicht nur schaffen, ihre Eltern anzurufen, um ihnen mitzuteilen, dass sie sicher angekommen sind. Bald wird es auch für

SIE

sie an der Zeit sein, den Bund fürs Leben zu schließen. Vielleicht möchten Sie an jedem winzigen Detail ihres großen Tages beteiligt sein. Die Farbe ihrer *Lehenga* (Hochzeitskleid), die Snacks, die zu seinem Cocktail serviert wurden. Sie möchten wissen, wer wen und wie vorgeschlagen hat. Vielleicht fühlst du dich ausgeschlossen. Du hättest sie als deine geliebt und vielleicht vergessen, dass du nie ihre Mutter warst. In diesen Momenten hoffe ich, dass du dich immer daran erinnerst, dass sie dich von ganzem Herzen lieben und dass auch in deinem Herzen genug Liebe ist. Die Tatsache, dass du dich dafür entscheidest, es auf deine Nichten und Neffen zu duschen, zeigt nur, was für eine wunderbare Frau du bist. Es ist nicht einfach, ein Kind eines anderen selbstlos und leidenschaftlich zu lieben. Ich bin mir nicht sicher, ob ich dazu in der Lage bin. Was mich interessiert, ist, dass diese Liebe in dir niemals stirbt. Was mir wichtig ist, ist, dass du dich nie von den erstickenden Fragen und sinnlosen Anschuldigungen klein und egoistisch fühlen lässt. Was mich interessiert, ist, dass du mir jedes Mal, wenn ich dir sage, dass du eine perfekte, vollständige Frau bist, ein wunderbares Individuum, auch wenn du keine Mutter bist, *glaubst*.

Wenn Sie älter werden, wird es vielleicht ein oder zwei Momente geben, in denen Sie zurückblicken und sich fragen, ob es schön gewesen wäre, einen Garten voller Kinder und Enkelkinder zu haben, mit denen Sie unbegrenzt kuscheln können. Vielleicht müssten Sie dann nicht warten, bis der Sohn Ihres Nachbarn oder die Tochter Ihres Freundes Ihnen Brot oder Medikamente bringt oder Sie eine Online-Buchung über eine ausgefallene App vornehmen (Kinder sind nützlich). In diesen Momenten hoffe ich, dass du stark bleiben kannst. Ich bete, dass du stolz auf die Entscheidung sein kannst, die du einst getroffen hast. Ich hoffe, dass du in den Spiegel schauen und flüstern oder schreien kannst, die beiden von uns werden immer GENUG sein!

Denn, wenn du es nicht tust. Mädchen, nur ein Blick, ein Anruf oder eine Nachricht, und ich werde auftauchen. Ich werde das Geschrei für dich machen.

DENN EINE MAMA MUSS GEHÖRT WERDEN.
DENN DAS IST ZWISCHEN UNS, MAMA UND NICHT-MAMA,
UND WIR RESPEKTIEREN *UNS*.

Es ist mir egal, dass du dich entschieden hast, keine Mutter zu sein. Es bedeutet nur, dass meine Kinder deine ungeteilte Liebe bekommen! Aah, das egoistische ich! Außerdem muss ich nie babysitten! Schlagen Sie das! Aber ich bin ehrlich, jedes Mal, wenn ich Geschichten über deine unglaubliche Kindheit hörte, hatte ich das Gefühl, dass du vielleicht eine ähnliche Welt für deine Kinder neu erschaffen möchtest.

Natürlich sehe ich dich als so eine tolle Tante an und ich denke mir, oh, was für eine tolle Mutter du machen würdest. Aber Sie wissen, was das sind kleine, alberne Details. Ich glaube, du warst 20 und Single, als du mir zum ersten Mal gesagt hast, dass du nicht daran interessiert bist, Kinder zu haben. Ich hatte zurückgelächelt. Als Sie heirateten und mir ein paar Jahre später wieder dasselbe erzählten, lächelte ich ein wenig mehr, ein volles Lächeln. Ich schloss meine Augen und sah, wie du und dein Partner zusammen alt wurden. Auf einer Bank sitzen, Händchen halten und am Strand spazieren gehen. Ich lächelte, weil ich sehen konnte, wie glücklich die Entscheidung dich gemacht hat und was für ein wunderbares Leben ihr beide füreinander schaffen würdet. Es ist immer spannend, gemeinsam mit seinem Partner etwas zu kreieren, aber es muss nicht immer ein Baby sein! Es könnte ein Zuhause, ein Restaurant oder auch ein Gemälde sein! Der Grund für deine Entscheidung war mir egal. Es gehörte dir und ich war froh, dass du es geschafft hattest. Selbst wenn du mir gesagt hättest, dass es daran lag, dass du CEO werden wolltest oder die Welt bereisen wolltest, oder dass du nicht gerne Penner reinigst oder es einfach bei *„einfach so"* belässt, hätte ich dich beim Wort genommen. Dafür 's, was Freundinnen tun!

Dein Nicht-Mutter-Status spielt für mich keine Rolle. Was mir wichtig ist, ist zu wissen, dass Sie und er Partner sind. Dass er sich für diese Entscheidung einsetzt, die ihr beide gemeinsam getroffen habt, und ihr dasselbe für ihn tut. Es ist mir egal, dass du kein kleines Mädchen hast, mit dem du dich kuscheln

SIE

kannst. Ich hoffe, ihr kuschelt euch beide und schlaft gut.

Aber mittendrin werde ich langsam müde. Ich fange an, auf meiner Facebook-Timeline nach unten zu scrollen oder TV-Kanäle auszutauschen. Es ist dieser Moment, in dem ich möchte, dass du aufhörst, über dein Leben, deine Nachtausflüge, deine Gewichtszunahme, deine aufdringlichen Tanten zu plappern. Es wird Zeiten geben, in denen ich möchte, dass du dich hinsetzt und mir geduldig zuhörst, wenn ich dir sagen möchte, dass du dich vielleicht in einen dummen Teenager oder einen unsensiblen Erwachsenen verwandelst. Vielleicht würde ich aufstehen und unter dem Vorwand eines Arbeitsanrufs, eines Kackalarms, aus der Tür gehen. In diesen Momenten möchte ich, dass du dich zurücklehnst und dich fragst, ob du ein bisschen zu weit gegangen bist und nicht verstehen konntest, warum ich nicht zum Brunch vorbeikommen konnte. Ich werde mich darauf verlassen, dass du in solchen Zeiten vernünftig handelst.

Ich kann dir nicht versprechen, IMMER GUT zu SEIN. Es wird Momente geben, in denen ich wütend, wütend und ungeduldig werde. Momente, in denen es mir schwer fällt zu verstehen, was so wichtig ist, was so falsch ist, was so…bla-blah. Aber ich verspreche, meine Socken hochzuziehen, denn was mir am meisten am Herzen liegt, ist, dass du mich zu einem Teil deines Lebens gemacht hast. Und du und ich wuchsen zusammen. Während du dich dafür entscheidest, eine Nicht-Mutter zu sein, entscheide ich mich dafür, eine Mutter zu sein. Und ich möchte, dass du meine Entscheidung, mein Wesen und meine Rolle respektierst, genauso wie ich verspreche, deine zu respektieren.

Lassen Sie mich nun meine Bitte an Sie richten. Ich werde versuchen, es kurz zu halten.

Nicht-Mama, es ist schwer, mit dir Schritt zu halten, das wird es immer sein.

DENN EINE MAMA MUSS GEHÖRT WERDEN.
DENN DAS IST ZWISCHEN UNS, MAMA UND NICHT-MAMA,
UND WIR RESPEKTIEREN *UNS*.

Denn in Ihrem Tagebuch finden immer mehr Filmvorführungen, Partys nur für Paare und spontane Reisen statt. Denn Sie werden es leicht finden, Ihr Gepäck zu packen, vielleicht würde es nur ein Rucksack tun. Denn Sie müssen nicht immer im Voraus Mahlzeiten planen oder bei der Reservierung eines Abendessens auf die Uhr schauen. Oder schauen Sie sich die Schulnoten an, bevor Sie Ja zu einer größeren Rolle bei der Arbeit sagen. Denn Sie werden Arbeit und Zuhause in Einklang bringen und haben immer noch Zeit, sich in eine Salsa-Stunde zu quetschen oder eine Last-Minute-PPT zu machen. Denn eine Nicht-Mama hat immer eine Sache weniger, um die sie sich kümmern muss, nämlich die Kinder. Und ich hoffe, dass ich nie mit Ihnen darüber diskutieren muss.

Aber ich möchte, dass du dich auch anstrengst, um mit mir Schritt zu halten, Mami.
Zunächst möchte ich, dass Sie die Gründe kennen, warum ich mich entschieden habe, Mutter zu werden, und ich möchte, dass Sie diese respektieren. Ich möchte, dass du weißt, dass ich glücklich bin, wo ich mich in meinem Raum befinde. Vielleicht wird der Moment, für den ich in meinem Leben immer am dankbarsten sein werde, immer derjenige sein, in dem mein Wasser direkt vor dem Krankenhaus brach oder in dem mein kleiner Junge einschlief oder in dem sein Bauch aufhörte zu schmerzen. Ich weiß es zu schätzen, dass du mich überredet hast, meine Entscheidung, meinen Job zu verlassen, zu überdenken, weil ich so weit gekommen bin und es mir verdient habe. Aber ich möchte, dass du weißt, dass ich mir des Weges sicher bin, den ich eingeschlagen habe. Die Arbeitstitel, Boni sind mir egal. Ich bin nicht neidisch darauf, dass meine Kollegen größere Aufträge verdienen. Oh, ich muss verrückt sein, um einen Abschluss zu haben und zu Hause zu sitzen! Armes Ding, vielleicht können sie sich kein Dienstmädchen leisten, also verlässt sie die Arbeit, oder vielleicht ist ihre Familie nicht unterstützend. Diese Bemerkungen werden mich nicht stören.

SIE

Was mich stören wird, ist, dass du an mir zweifelst, deine Unfähigkeit, meine Entscheidung zu verstehen. Denn als Frau möchte ich nicht, dass Sie mich dafür verurteilen, dass ich mich für den *traditionellen*, den *schwachen*, den *vorhersehbaren* Weg entschieden habe. Ich würde erwarten, dass du keine Augenbrauen hochziehst oder Witze über fanatische Mütter machst. Wir sind uns beide einig, dass keiner von uns um einen unabhängigen, ehrgeizigen, sozial aktiven oder nicht-materiellen Instinktwettbewerb konkurriert.

Ich möchte, dass du weißt, dass mein Partner und ich HAaaaaaPPPPY mit der Familie, die wir gegründet haben, ausflippen! Ich möchte, dass Sie sich für ~~mich~~, uns freuen.

Wenn du in mein Haus gehst und siehst, dass ich keine Gelegenheit zum Duschen hatte oder ich damit beschäftigt bin, Blumen aus Strümpfen zu machen und Schmetterlinge an die Wand zu nageln, möchte ich, dass du es zu schätzen weißt, denn es ist alles hübsch, ordentlich und organisiert. Denn dafür habe ich mir die Zeit genommen. Das Zimmer meines Kindes ist perfekt, weil ich möchte, dass es von Dingen umgeben ist, die es liebt. LEGO Mädchen oder Motorräder. Niemand hat mich gebeten, diese Welt zu erschaffen, ich habe es getan, weil ich es nicht anders wollte.

Wenn du mich anrufst und ich zu einem Kleinkind-Mama-Fitnesskurs fahre oder mir eine 9-Uhr-Show von *Finding Dory* buche, dann sag mir: „Genieße es!" Bemerken Sie nicht, wie unglücklich ich bin, meine Tage und Nächte an meine Sechsjährige anpassen zu müssen. Wenn ich in einem Kleid auftauche, einem alten Kleid, sag mir, dass ich PERFEKT aussehe. Ich habe kein Glück, dünn zu sein. Ich bin dünn, weil ich mich gedrängt habe, eine Stunde zu früh aufzuwachen, um mein Babyfett zu verlieren. Ich bin vielleicht im alten Kleid, das ist das einzige, das mir gerade passt.

DENN EINE MAMA MUSS GEHÖRT WERDEN.
DENN DAS IST ZWISCHEN UNS, MAMA UND NICHT-MAMA,
UND WIR RESPEKTIEREN *UNS*.

Ich möchte, dass Sie sich darum kümmern, wie frustrierend es für mich ist, den Leuten zu sagen, dass ich vor seiner Fütterungszeit nach Hause zurückkehren muss, oder ich werde nicht an der Büroparty teilnehmen, weil es jenseits seiner Schlafenszeit ist. Und wie keine Argumentation gerechtfertigt ist. Wenn ich Ihnen sage, dass ich nächsten Monat an einem Sporttag in der Schule meines Jungen teilnehme oder einen Vortrag auf einer Konferenz halte oder dass mein Mädchen nur mit Ihnen eine Disney-Show sehen möchte, dann hoffe ich, dass Sie die Zeit finden und sich arrangieren können, dort zu sein. Wenn ich dich anrufe, um dir zu sagen, dass ich einen schlechten Tag habe, weil mein Baby sein Lieblingstaschentuch verloren hat oder ihre Freundin nicht zur Schule gekommen ist oder wie ich es verpasst habe, eine dringende Mail zu beantworten, hoffe ich, dass du ein geduldiger, ungestörter Zuhörer sein kannst. Ich wünschte, du könntest dich darum kümmern und dies als unseren Kampf betrachten.

Warum? Weil ich dasselbe für dich getan hätte, wenn du dich anders entschieden hättest.

Gehen Sie ins Kino, schwimmen. Mädchen, ich habe es abgedeckt. Ich werde der Welt sagen, dass du nicht weniger bist als wir. Aber ich möchte wissen, dass du auch für mich gesorgt hast.
Ich werde mich nie dafür entschuldigen, dass ich nicht weiß, wie *genau* dein Tag aussieht, und ich würde auch nicht erwarten, dass du dich entschuldigst. Ich werde dein Leben vielleicht nie ganz verstehen, und ich würde auch nicht erwarten, dass du es auch tust.

Ich sorge mich, dass ich Ihnen sagen kann, ohne mich schuldig zu fühlen, dass Mutterschaft ein schönes Geschenk ist, und ich wäre bereit, viele Jobs und Spas dafür loszulassen. Ich hoffe, Sie können sich immer daran erinnern, dass auch ich Ambitionen und Ziele habe.

SIE

Ich hoffe, du kannst dich daran erinnern, dass du auch eine Mama hättest sein können, und ich hätte dich immer noch so sehr respektiert und geliebt. Ich hoffe, du kannst einen Streit für mich aufnehmen, wenn mir jemand sagt, dass ich eine schlechte Mutter bin, weil ich ein Kindermädchen eingestellt habe oder Vollzeit arbeite oder die Wasserflasche meines Kindes verlegt habe. Ich wünschte, Sie könnten ihnen in meinem Namen sagen, dass meine KARRIERE nichts mit der Erziehung meiner Kinder zu tun hat. Denn ich würde diesem jemand INS GESICHT schlagen, wenn er/sie dich als erfolgreich bezeichnen würde, der/die sich der Arbeit verschrieben hat, weil du keine KINDER hast. Ich hoffe, Sie können für mich einstehen, wenn sie mit dem Finger auf meine Hingabe, Liebe und mein Engagement für die Erziehung meiner Kinder zeigen. Meine Vorschläge, Meinungen und Ratschläge zur Güte, Kinder zu haben, mögen Ihnen nichts bedeuten, denn ich bin nicht in Ihren Schuhen, aber ich hoffe, Sie haben die Geduld, ihnen trotzdem zuzuhören. Vielleicht schaue ich dir dabei zu, wie du die Karriereleiter erklimmst oder dich für eine Nacht aufmachst und meine schwachen Momente erlebst. In diesen Momenten hoffe ich, dass Sie nicht schnell sagen: „Aber ich habe es Ihnen gesagt..."

Ich hoffe, dass du und ich eines Tages der Welt zeigen können, dass eine Frau eine andere Frau verstehen kann. Als Mutter habe ich selten die Chance, mich Gehör zu

> Die Frage, die Müttern oft gestellt wird, ist nicht, ob sie ihr Leben aufgeben oder ihren Lebensstil und ihre Entscheidungen ändern, um sich um ihre Kinder zu kümmern, sondern wann sie es tun oder warum sie es bis jetzt nicht getan haben. Und ich wünsche Ihnen und mir, dass Sie beide wissen, dass es nicht ihre Sache ist, dass wir eine Karriere haben, oder ein Kind, oder Kinder, oder beides, oder ob es zwischen uns, Mann und Frau, aufhört.

DENN EINE MAMA MUSS GEHÖRT WERDEN.
DENN DAS IST ZWISCHEN UNS, MAMA UND NICHT-MAMA,
UND WIR RESPEKTIEREN *UNS*.

verschaffen, und ich hoffe, Sie können mir eine ehrliche Chance geben, meine Meinung zu sagen. Ich hoffe, meine Bedenken und Ansichten werden nicht unter einem Blogbeitrag mit dem Titel „10 Gründe, warum es scheiße ist, mit einer Mutter rumzuhängen" oder „10 Dinge, die von dir als Mutter erwartet werden." Weil das Leben, wie wir beide wissen, nicht so leichtfertig ist.

Weil du, mein Freund, es liebst, eine Nicht-Mama zu sein, und du hast niemandes Meinung in den Weg gestellt. Weil ich, mein Freund, es liebe, eine Mama zu sein, und ich habe niemandes Meinung im Weg stehen lassen.

Die oberflächlichen Details von Nicht-Mutterschaft oder Mutterschaft sind mir scheißegal. Hauptsächlich ist es mir wichtig, dass Sie und ich beide stark, sensibel und uns bewusst genug sind, dass wir unsere Entscheidungen getroffen haben und dass wir wirklich versuchen, nicht zu versagen, einander nicht zu respektieren.

Denn wenn wir versagen, werden wir uns gegenseitig versagen, Mädchen.

Ich werde jetzt aufhören, ich weiß, dass du zu deinen Pflichten zurückkehren musst, und ich weiß, dass das Leben auch ohne Kind eine HERAUSFORDERUNG sein kann. Aber ich möchte, dass Sie wissen, dass ich ebenso herausfordernde und lohnende Ziele, Hindernisse, Hasser und Pflichten zu erfüllen habe.

Es ist mir wichtig, dass du daran denkst, mich zum Stressabbau zu drängen und mich zu bitten, bei dir zu Hause zu erscheinen, wenn du anrufst. Ich werde nur lächeln, wenn du stattdessen mit dem Essen bei mir vorbeikommst, denn du hast erraten, dass ich mich zu dieser Stunde bereits in einen Pyjama verwandelt hätte! Aber wenn ich mich über uns aufrege und spüre, dass wir auseinander wachsen, werde ich ein Problem ansprechen.

Ich kümmere mich darum, dass Sie wissen, dass die Geburt eine ebenso große Feier verdient wie ein Abschluss in Meeresbiologie.

Wiederhole mir nach: Nichts davon spielt eine Rolle.

Du und ich sind beide VOLLSTÄNDIG, wo wir stehen.

Ich weiß, dass dein Leben schön ist. Wisse, dass meine es auch ist.

Wenn es Momente gibt, in denen Sie jemandem sagen möchten, dass Sie es an manchen Tagen satt haben, der Welt zu sagen, dass Sie es genießen, eine Nicht-Mutter zu sein, denken Sie daran, dass diese Person ich sein kann. Ebenso werde ich zu dir kommen, wenn ich übermütig bin, eine Mutter zu sein.

Geständnis: Vielleicht hätte ich diese beiden Kapitel kürzer machen können, aber ich wollte es nicht. Ich wollte, dass wir gehört werden, Mädchen.

Aufgabe für dich: Schreibe gerade in diesem Moment deiner Freundin, sowohl Mama als auch Nicht-Mama, eine SMS, um ihr zu sagen, dass du sie liebst. Noch besser ist es, den Raum unten zu nutzen, um eine Liste von Dingen zu notieren, die Sie mit Ihrer Freundin machen möchten, wenn Sie beide zusammenkommen. Machen Sie die Liste so lang! Sie können immer wieder darauf zurückkommen und sich um jeden Punkt kümmern.

....

....

....

....

....

Meistens bewahren sie die Geheimnisse.

ALS ICH SIEBEN war, wurde Dad von einer kleinen Stadt in eine Metropole versetzt, was bedeutete, dass ich jetzt auf eine größere Schule in einer größeren Stadt ging. Ich erinnere mich nicht, dass ich über den Umzug traurig war, in der Tat kann ich mich nicht einmal erinnern, ob ich irgendeine emotionale Reaktion (vergiss einen Ausbruch) auf die ganze Episode hatte. Es gab keine Tränen, außer an einem Punkt, als Mama ihre Zweifel äußerte, drei Taschen voller Süßigkeiten- und Schokoladenverpackungen zu tragen, die meine Schwester und ich im Laufe der Jahre sorgfältig gesammelt hatten. Sie erfreute uns in der Hoffnung, dass wir in Zukunft verstehen werden, was sie wirklich meinte, als sie uns ermutigte, ein Hobby des Sammelns zu entwickeln: Briefmarken, getrocknete Blumen, Währung, vielleicht.

Aber ich erinnere mich an die Schicht, als ich mich von einer Freundin verabschiedete.

Wir standen beide einfach da und hielten uns an den Händen. Ich bin mir nicht sicher, ob wir uns umarmt haben oder ob wir überhaupt wussten, dass uns das Umarmen Trost spenden könnte. Wir wussten nicht einmal, was es wirklich bedeutete, wegzuziehen. Ja, wir werden nicht in derselben Klasse und Schule studieren, aber wir *werden uns* natürlich zu Spielterminen treffen. Sie war genauso groß wie ich mit lockigem Haar, das in zwei Zöpfen gebunden war, und sie erzählte mir, dass sie als Erwachsene Ärztin werden würde.

Wir saßen immer unter einem riesigen Baum auf dem Schulgelände und aßen unser Mittagessen. Jeden Tag fanden wir zwei gefallene Blätter und banden sie zu einer winzigen Schleife zusammen und ließen sie unter dem Baum liegen. *Es war unser Geheimnis.* An unserem letzten gemeinsamen Tag in der Schule haben wir viele solcher Bögen gemacht und sie sicher in der Tasche meiner Freundin aufbewahrt, damit sie jeden Tag einen unter dem Baum lassen konnte, bis ich zurückkam. Das war unser *Geheimnis*.

In den nächsten Jahren schrieben wir uns immer wieder Briefe, überprüften den Status der Bögen und teilten unverständliche Notizen über Klassenlehrer, Tiffin-Boxen und Haarspangen. In jedem Brief zogen wir eine Verbeugung: Es war unsere Art zu sagen, dass unser *Geheimnis* sicher war. Wir bewachten es, bis wir zehn waren, dann begannen wir über unsere Dummheit zu lachen. Auch unsere Briefe waren jetzt leicht zu entziffern, also hörten wir auf zu schreiben. Wir hatten begonnen, auseinander zu wachsen.

Das letzte Mal, als wir uns geschrieben haben, war, als sie das Haus verließ, um an einer Hochschule zu studieren. Wir waren 16. Sie sagte, sie sei glücklich. Und wir trennten uns, intaktes *Geheimnis*.

Ich hoffe, wir schreiben uns bald. Ich hoffe, sie bald wiederzusehen.
Sie war meine erste Freundin.

PS: Ich habe mich 2020 mit ihr verbunden. Sie hat mich gefunden. Freundschaft hat uns gefunden. Wir sind jetzt auf dem WhatsApp-Kontakt des anderen.

Meine ewige Freundin.

DER UMZUG IN eine Großstadt brachte eine weitere Entwicklung mit sich. Ich wachte jetzt früher auf und ging auf eine andere Schule als meine Schwester. Es brach mir das Herz.

Meine Schule war schön. In der Schule, am ersten Tag, schrieb ich einen Artikel über Regen. Mein Lehrer schrieb eine Notiz in das Tagebuch für meine Eltern. Darin stand, dass sie von meinem Wortschatz und meinen Beobachtungen beeindruckt war. Ich hatte die Tautropfen auf Blättern und Kinder erwähnt, die in Pfützen springen.

Jahrelang putzten meine Schwester und ich uns jeden Morgen die Zähne zusammen und standen kichernd vor dem Spiegel. Später schlüpften wir in zwei verschiedene Uniformen. Ich warf Wasser aufeinander, spülte uns den Mund aus und drückte mich gegenseitig, um mehr Platz vor dem Waschbecken zu schaffen, und erfuhr eine wichtige Tatsache. Unabhängig davon, wo wir beide sein würden, in der Schule und darüber hinaus, sollte meine Schwester meine ewige Freundin sein.

Wir waren in Sicherheit. Sie würde niemals einer Konkurrenz gegenüberstehen.

PS: Jetzt wäre ein guter Zeitpunkt, deiner Schwester zu sagen, dass du sie liebst, vermisst. Ihr habt Glück, dass ihr für den Rest eures Lebens miteinander feststeckt. Das bist du.

Was sind die Macken, die Sie und Ihre Schwester gemeinsam haben? Diejenigen, die nur Sie beide verstehen und lustig und akzeptabel finden. Listen Sie sie in dem Feld unten auf.

Meine im Kloster ausgebildeten Freundinnen.

ICH GING IN ein Kloster, was sich nicht ganz mit guten Manieren übersetzen lässt, aber als Erinnerung an die Tage dient, als wir unsere Röcke gefaltet haben, um sie kürzer zu machen und so zu sitzen, wie es uns gefiel. Es gab keine Jungs, die uns beobachteten. Was die Nonnen betrifft, so hatten sie uns satt.

Ihr Konvent-ausgebildeter Status wird in erster Linie in Ihren Fähigkeiten in Eheprofilen erscheinen. Natürlich lernst du in der Schule ziemlich viel, außer dass du dich nicht erinnern kannst, etwas Bedeutendes gelernt zu haben, das deinen perfekten Ehefrauenquotienten erhöht.

In meinen späteren Jahren im Kloster ging es bei der Erziehung mehr darum, in ein Kleidungsstück oder eine Gruppe zu passen. Als wir das nicht taten, rieben wir Kreidepulverreste, um unsere Segeltuchschuhe weißer aussehen zu lassen, besessen von Wachsen und Bleichen vor einem Debattenwettbewerb, der in unserer „Bruder" -Schule stattfinden sollte, merkten uns ein Dutzend Hymnen und Weihnachtslieder, verbreiteten Gerüchte über einen jungen, männlichen Chemielehrer, der der Schule beitrat (ich studierte *noch immer* Handel), sportliche Pony, die es uns schwer machten, zu sehen, Sicherheitsnadeln als Ohrringe anzuziehen, die cool aussahen, aber uns eine Infektion gaben, Wände zu klettern, um zu sehen, was tatsächlich auf der anderen Seite lag (die Nonnen bestanden darauf, dass wir keine Ahnung hatten, was die Außenwelt war), Bücher von *Sweet Valley High* zu lesen, die unsere Vorstellung von Liebe ruinierten, und während der Sommerpause zusätzliche Klassen zu besuchen, weil das das Beste war, was wir tun konnten.

Als wir damit fertig waren, alles unkonventionell zu machen, schlossen wir die Schule ab und gingen aufs College. Natürlich wurden wir mit Charakterzertifikaten des Schuldirektors belohnt, die davon sprachen, wie wir zu wunderbaren jungen Frauen herangewachsen waren. Die Wahrheit war, dass das Kloster unseren sozialen Fähigkeiten großen Schaden zugefügt hatte. Wir hatten gelernt, wie wir die klügsten, lustigsten und coolsten waren. Und dass *WAS AUCH IMMER* (gefolgt von *SEHR LUSTIG*) eine akzeptable Antwort auf ALLES war. Noch wichtiger war, dass wir wählerisch wurden, wenn es darum ging, Freunde zu finden. Ein weiterer durch das Kloster verursachter Schaden.

Außerdem erfuhr ich im Kloster, dass das Glätten der Haare mit einem Bügeleisen die sicherste Art des schnellen Stylings war.

Deine beste Freundin, nennen wir sie deine BFF.

WENN SIE SICH verliebt, wird sie dich anrufen und dir das sagen. Ihr beide werdet tanzen, schreien und weinen, um die Nachricht zu feiern. Wenn sie heiratet, erhältst du das Recht, ihren Mann zu umarmen. Wenn sie ein Baby hat, wirst du die Erste sein, die sie sieht. Sie werden Ihren Namen als erster Besucher im Babybuch im Krankenhaus eintragen. Ihr werdet weiter zusammenwachsen, ohne zu merken, wie weit ihr gegangen seid. Sie werden viele peinliche Geschichten übereinander haben. Ihr werdet von der Anwesenheit des anderen in eurem Leben besessen sein. Sie ist nicht nur deine Freundin, sie ist mehr als das. Nennen wir sie deine BFF. Einfach, weil das das einzige Akronym ist, das mein Herz erwärmt, besonders wenn ich kleine Mädchen es laut sagen höre. Ich spreche ansonsten keine *Millennial-* oder ähnliche Sprachen.

Schreibst du ihr eine kleine Notiz? Oh, lasst uns alle emotional werden und niederschreiben, was wir ihr in einem Telefonat um zwei Uhr morgens sagen würden.

SIE

....
....
....
....

PS: Besondere Erwähnung

Die schlechten Freundinnen, die, die du liebst und deine Eltern nicht.

Mit ihnen rauchst du deine erste Zigarette, leihst dir den ersten „Erwachsenen"-Film und nimmst nur am Coaching-Kurs teil, weil der süße Junge dorthin geht. Sie bekräftigen deinen Glauben an die Worte: Das Leben ist grüner auf der anderen Seite. Diejenigen, die nicht in ihrem Alter handeln.

Spaghetti vs. Scheidung.

DU HAST EIN Mädchen, sie ist dein Regiment.

Sie will nicht wissen, was du zum Frühstück hattest oder ob du einen Zentimeter, ein Kilo zugenommen hast. Sie mag aus der Ferne daran interessiert sein zu wissen, ob es in deiner Nachbarschaft einen süßen Jungen/Mann gibt, aber sie will seine Nummer nicht oder will ihn überprüfen. Aber wenn es ernst wird, fliegt sie vom ganzen Kontinent runter, um ihn genau zu beobachten, wenn nötig auch auszuspionieren. Ihr Leben wird nicht gestört, wenn Sie umziehen, sie wird Ihnen nicht mit Kontaktdaten von Immobilienmaklern helfen oder schwere Kisten mit Ihnen heben. Aber wenn der schäbige, alte Spiegel, den du auf einer College-Reise gekauft hast, während des Packens zusammenbricht, wird sie sich darüber aufregen. Rufen Sie sie nicht an, um zu sagen, dass Sie Blumen für Ihr Zuhause gekauft haben, sie hat, wie Sie, zu viele Dinge im Kopf. Sie hat keine Zeit für Smalltalk. Sagen Sie ihr, dass Sie Blumen für sich selbst gekauft haben, und beobachten Sie, wie sie vor Freude quietscht.

Fazit: Sie kümmert sich nicht um die Spaghetti in Ihrer Schüssel. Sie will wissen, ob du dich scheiden lässt.

Ihr geht es um größere Dinge. Wie Verlobungen, Beförderungen, Ehen, Scheidungen, außereheliche Affären, Schwangerschaften. Sommersprossen sind nicht ihre Sorge, ebenso wenig wie die Grippe. Gespräche über Ärger

SIE

mit der Schwiegermutter werden sie auch nicht aufregen. Sie ist nicht da, um nur eine Schulter zum Weinen zu sein, sie ist der Ziegelstein. Versteh sie nicht falsch. Sie kümmert sich um dich, aber sie will nicht, dass einer von euch über die kleineren Sachen schwitzt.

Sie wird dir keine Nachricht schicken, um zu fragen, ob zwischen dir und deinem Partner alles in Ordnung ist. Sie weiß, wenn etwas nicht stimmte, hättest du es ihr gesagt. Sie macht sich keine Sorgen über den Mist, den Sie von Verwandten bekommen, wenn Sie eine Familie gründen. Sie möchte wissen, ob Sie ein Baby wollen. Sie weiß, dass deine Arbeitszeiten lang sind und länger pendeln, aber sie weiß nicht genau, wann du zur Arbeit gehst. Sie wird dich auch nicht mit Work-Life-Balance-Gesprächen langweilen. Dennoch wird sie die erste sein, die dich hinsetzt und mit dir plaudert, wenn sie das Gefühl hat, dass die Zeit reif ist. Ihr geht es nicht um 2 betrunkene *„Ich liebe dich"* -Telefonanrufe. Sie braucht es nicht, dass du das sagst. Wenn du das tust, wird sie sich darüber freuen. *„Ich liebe dich zurück."*

Du und sie werden nicht jeden Tag sprechen, manchmal würdet ihr zwei auch eine Woche, zwei Wochen oder einen Monat lang ohne zu sprechen gehen. Sie ist beschäftigt, du bist beschäftigt. Sie bleibt nicht in deiner Nachbarschaft oder Stadt oder Stadt oder Land. Dennoch ist sie diejenige, die du anrufst, wenn du in großen Schwierigkeiten bist. Und dass sie sich gerne darum kümmert. Sofort.

Sie ist dein Regiment. Sie ist dein Mädchen.
Sie ist vielleicht nicht das Mädchen, mit dem du aufgewachsen bist. Du kennst sie vielleicht nicht für immer.
Dennoch ist sie deine Seelenverwandte.
Arbeit, Ehe und Leben haben Sie vielleicht beide an verschiedene Orte gebracht.

SPAGHETTI VS. SCHEIDUNG.

Dennoch ist sie dein Regiment. Sie bist du.
Sie ist der Grund, warum du an diese Worte von *Sex and the City* glaubst:
„Vielleicht sind unsere Freundinnen unsere Seelenverwandten und Jungs sind nur Leute, mit denen man Spaß haben kann."
Sie ist deine Seelenverwandte.

PS: Du hast Glück, wenn du mehr als ein Mädchen hast.

Das bin ich in der Tat. Mädels, ihr wisst, wer ihr seid.

Spaghetti sind jedoch entscheidend.

DISKUSSIONEN ÜBER BRAUNE Spaghetti im Vergleich zu Vollkornspaghetti sind jedoch entscheidend, da werden Sie zustimmen. Und du kannst diese mit den anderen Freundinnen haben, die du hoffentlich in Hülle und Fülle hast. Sie werden sowohl Zeit als auch Interesse haben. Du triffst sie vielleicht jeden Tag bei der Arbeit, in der Nachbarschaft, auf Drinks, bei Schulabholungen. Ja, das sind die Freunde, mit denen du tanzt, für die du Mahlzeiten kochst und für deren Kinder du Süßigkeiten kaufst. Die, die man oft sieht. Sie sind über Ihr aktuelles Leben auf dem Laufenden. Sie kennen die kleinsten Details. Namen Ihrer Köchin und Hilfe. Happy Hours an Ihrem Lieblings-Wasserloch. Du magst sie, sie mögen dich auch.

Tief im Inneren weißt du, dass du nach einem bestimmten Alter, einer bestimmten Phase aufhörst, Seelenverwandte zu treffen, und stattdessen anfängst, Freundinnen zu finden. Und du brauchst Freundinnen. Mehr als du einen Freund oder einen Ehemann brauchst. Freundinnen sind entscheidend, da werden Sie mir zustimmen. Und sie sind etwas Besonderes, jeder von ihnen.

~~Denn ein Mädchen braucht immer mindestens zwei Freundinnen: eine zum Klatschen und eine zum Klatschen.~~
Denn ein Mädchen braucht viele Freundinnen, umso fröhlicher.
Ein Mädchen braucht zu jeder Zeit Freundinnen aller Art.

PS: Ich schlage vor, dass du nie aufhörst, Freundinnen zu finden. Es ist die beste Investition, die Sie jemals tätigen werden.

Es tut mir leid.

ALS FRAUEN SIND wir darauf trainiert, uns zu entschuldigen. Oft, wenn ich mich in Schreibtische oder Scheißtöpfe oder Sofas oder Mülleimer knalle, entschuldige ich mich bei dem betreffenden Objekt. Natürlich entschuldige ich mich ausgiebig, wenn es sich bei dem Objekt um eine reale Person handelt.

Tut mir leid, tut mir leid. Ich betone.

Ich entschuldige mich schnell. Dies unabhängig davon, dass ich es bin, der verletzt wurde oder geschubst wurde. Niemand muss mich jemals bitten, mich zu entschuldigen. Es ist tief in mir verwurzelt. Es ist meine Reflexaktion.

Tut mir leid, aber es kommt ganz natürlich, höflich und prompt zu mir. Es ist mein Okay, mein Fine.

Stromausfall. Tut mir leid.
Reste? Tut mir leid, ich werde mich damit vollstopfen.
Schmutzige Kleidung, Vorhänge und Besteck. Es tut mir so leid.
Es regnet? Oh Gott, es tut mir leid.

Eine schlechte Note in der sozialwissenschaftlichen Prüfung Ihres Kindes. Ein Kuchen, der überbacken wird, ein Geburtstag, den man vergisst. Ein

SIE

Kleinkind, das gerade dann weint, wenn Ihr Partner einen Arbeitsanruf erhält. Das Dienstmädchen, das unangekündigt Urlaub nimmt. Ein Ehepartner, der etwas zu viel getrunken hat. Für Karrieren, Herzschmerz. Eine Haarsträhne, ein Staubkorn und ein Krümel Kuchen, den der Staubsauger nicht einsaugt. Eine Mahlzeit, die zu heiß ist, eine Mahlzeit, die kalt geworden ist. Bügelfreie Hose. Ich muss ein Rezept nachschlagen. Zum Verschütten von Kaffee. Eine Mitternachtsüberraschung, die dich am nächsten Tag benommen macht. Ein Telefon, das piept, während der andere schläft. Dass du dich nicht daran erinnerst, dass du kein Brot, keine Milch und kein Waschmittel mehr hast. Für einen Brief, der nicht zugestellt wurde, für eine E-Mail, die in Entwürfen stand. Für die Verspätung, früh, pünktlich. Um einem Kampf ein Ende zu setzen, um das Ego eines anderen zu massieren.

Tut mir leid, tut mir leid.

Entschuldigung, ich habe Ihren Anruf verpasst.
Tut mir leid, es ist Zeit, sie zu füttern. Ihr macht weiter.
Tut mir leid, ich habe den ersten Teil des Films verpasst.

Frauen entschuldigen sich ständig für das eine oder andere.

Weil du Single bist. Für die Schwangerschaft, für die Spätschwangerschaft.
Weil du fett bist, alt.
Weil verfügbar, nicht verfügbar. Für eine laufende Nase, eine Magenverstimmung. Für einen bestimmten Zeitraum.

Tut mir leid, ich habe die Grippe.
Es tut mir so leid, dass Sie Ihren Flug verpasst haben.
Entschuldigung, kann ich Ihnen bei etwas helfen?

ES TUT MIR LEID.

Für ausgebuchte Filmvorführungen. Für extra Salz, für wenig Zucker. Für frühes Aufwachen. Dafür, dass du erst spät schläfst. Entschuldigung, kann ich zusätzlichen Ketchup haben?

Letzten Monat habe ich mich zufällig für überreife Tomaten in einem Regal im Supermarkt entschuldigt. „Es tut mir leid, sie haben es nicht durch ein frisches Los ersetzt", sagte ich zu einer Tante, die mit mir einkaufen ging.

Tut mir leid, das Wort.

Nein, es wird nicht geäußert, um Sympathie zu gewinnen. Wir erwarten von niemandem, dass er unsere Arbeit macht, in der Tat haben wir lieber niemanden, der unsere Arbeit macht oder sich um unsere Familien kümmert oder sich um uns kümmert.

Tut mir leid.
Es ist unsere Art zu sagen; Entschuldigung, wir haben deine Erwartungen an uns oder unsere an uns nicht erfüllt.
Das ist unsere Art zu sagen: Du entspannst dich, ich rufe den Klempner an. Dann holen Sie Kinder aus dem Kunstunterricht ab. Oh, wird auch deine Mutter anrufen. Ja, ich mache eine Einkaufsliste. Wochenendpläne, oh, werden sich bei der Bande erkundigen und sehen, wer alles frei ist.

Ich bin spät dran, tut mir leid. Reden wir, wenn ich zurück bin? Tut mir leid, ich rufe so schnell wie möglich an.

Es tut uns leid, dass wir unsere Kinder zu Hause gelassen haben. Es tut uns leid, dass wir einen Kollegen bitten müssen, für uns auszufüllen.
Es tut uns leid, dass wir extra Pommes essen, eine zweite Scheibe Käsekuchen.

SIE

Es tut uns leid, dass wir die Couch nicht bei einem Verkauf gekauft haben.
Es tut uns leid, dass wir nicht in eine bestimmte Kleidergröße passen.
Es tut uns leid, dass wir unsere Partner bitten müssen, die Möbel zu entstauben.
Es tut uns leid, dass wir Spinat zu einem Smoothie hinzufügen.
Es tut uns leid, dass wir am Ende des Tages müde sind.
Es tut uns leid, dass wir zu viel auf dem Teller haben.
Es tut uns leid, dass wir nicht trainieren, über *über*-Besessenheit über die Gesundheit.
Es tut uns leid...

Glaubst du mir nicht?

Lass uns etwas Sport treiben, ein wenig Sport treiben. Tragen Sie auch Ihre Schuhe und Hosen. Wir werden für eine Weile aussteigen.

Identifiziere in deiner Nachbarschaft einen Ort, an dem du wahrscheinlich eine Handvoll Frauen finden wirst. Ein Salon, ein Café, ein Kinderzimmer, eine Boutique, eine Bar, ein Supermarkt, ein Parkplatz. Finde den Mittelpunkt des besagten Platzes und einen Platz zum Sitzen oder Stehen. Schließe jetzt die Augen.

In den nächsten fünf Minuten werden wir den Worten der Frauen um uns herum zuhören (spionieren).

Werden wir es jemals satt haben, uns zu entschuldigen? Tut mir leid, habe ich gefragt.

ES TUT MIR LEID.

Absorbieren.

Überraschung, Überraschung.
Das eine Wort, das auffallen wird: Entschuldigung.

„Tut mir leid, ich bin spät dran. Ich musste warten, bis der Kleine eingeschlafen war. Wie geht es dir?"
„Ich fühle mich schrecklich, wir haben uns eine Weile nicht eingeholt. Meine Schuld, tut mir leid."
„Tut mir leid, ich bin früh dran, aber kann jemand meine Augenbrauen machen?"
„Oh, keine Creme für mich. Tut mir leid, aber kannst du mir noch einen Kaffee holen?"
„Tut mir leid, aber könntest du dein Auto nach links bewegen?"
„Tut mir leid, ich habe gerade mit seinem Töpfchentraining begonnen."
„Sie hat es schwer, mit ihren Schwiegereltern zu leben. Sie tut mir leid."
„Tut mir leid, ich dachte, die Happy Hour wäre bis 20 Uhr!"
„Tut mir leid, ich habe nicht das genaue Wechselgeld."
„Er tat mir so leid, er hat das Spiel wegen eines beschissenen Abendessens verpasst."
„Tut mir leid, aber kannst du sie zwei Minuten lang beobachten? Ich mache einen Imbiss."

Wir sind eingeholt.

DAZWISCHEN. GRENZEN.
Cool und uncool sein. Beurteilen und beurteilt werden. Auf- und niedergeschaut zu werden. Aufwachsen und alt werden. Akzeptieren und erwarten. Laster und gutes Benehmen. Identität und Krise. Wir selbst zu sein und uns selbst treu zu sein.

Wir sind so schlecht eingeholt.
Jedes Mal, wenn wir versuchen, uns zu verheddern, verlieren wir unseren Sch *** und fallen in eine tiefere Grube zurück.

Wir wollen rauchen, aber wir wissen, dass es uns umbringen wird. Aber Rauchpausen helfen beim Aufbau von Karrieren, und wir wollen eine Beförderung. Aber gute Mädchen rauchen nicht. Es ist zu *modern*. Aber *modern* ist gut, oder? Männer wollen keine *traditionellen* Frauen mehr heiraten. Unabhängige, moderne Mädchen sind gefragt. Aber sie wollen nur Jungfrauen. Aber dann dauern Affären, bei denen Freundinnen davor zurückschrecken, Liebe zu machen, nicht lange. Aber dann sind Freundschaftsmaterial und Heiratsmaterial zwei verschiedene Kategorien. Außerdem hilft Rauchen bei Stress und Verstopfung.

Wir tragen gerne kurze Kleider, aber dann wird uns von Eltern und Politikern, Brüdern und Tanten gesagt, dass wir es nicht tun sollen. Frauen in kurzen Outfits sind bei der Arbeit „gut". Aber auch Frauen tragen ihre Taille in Sarees. Ist das

SIE

nicht Exposition? Aber dann kannst du keinen Rock zu einem Gotteshaus tragen? Oder wenn deine Schwiegereltern in der Stadt sind. Wir müssen Respekt zeigen. Männer mögen Frauen in rückenfreien Oberteilen. Tragen Sie nachts niemals eine Shorts. Niemals. Frauen in kurzen Kleidern fördern die Kriminalität. Jeans sind bequem. Außerdem, wer entscheidet, was du trägst oder nicht.

Wir trinken gerne. Bierkartons. Bringen Sie es auf. Whiskey auch. Natürlich Wein und Gin. Sie können eine Bierflasche mit den Zähnen öffnen? *Sei nicht schamlos.* Wir lieben Happy Hours. Aber das Angebot gilt nicht für Tequila-Shots. Wir machen auch Schüsse. Unsere Eltern wissen nicht, dass wir trinken, sie werden schockiert sein. Aber dann ist die Dating-Szene in Coffeeshops tot, die Action ist in den Bars. Eine Schwiegertochter, die wie ein Fisch trinkt! Skandal, Skandal. Aber dann trinkt ihr Sohn auch. Außerdem ist Bier auch gut für eine Haarspülung. Wir können ohne Alkohol in unseren Adern tanzen, im Gegensatz zu den Männern, also überdenke.

Wir schauen uns Pornos an. Erzähle es niemandem. Es befindet sich im versteckten Ordner auf dem Laptop. Bei unserer letzten Reise nach Bangkok haben wir das Undenkbare getan. Warum sollten Jungs den ganzen Spaß haben? Amsterdam war unglaublich. Aber wir mochten nicht „herumalbern". Wir sind nicht *diese* Arten von Mädchen. Außerdem, wer hat gesagt, dass Spaß und Macht im Sex liegen. Und hallo, schau dir den Kalender an, es ist 2021. Niemand kümmert sich darum, sollte sich darum kümmern. Wer hat die Zeit?

Moment, wir wollen auch eingefärbt werden. Schwöre auch, Rowdys, besonders wenn du unterwegs bist. Aber dann wurde uns beigebracht, sanft und höflich zu sprechen. Sitzen Sie richtig.

Wir haben es versucht... Bist du VERRÜCKT? Halt die Klappe. Hör auf zu reden.

ESTAMOS AL DÍA.

Wir sind am Arsch.
Wir sind so verwirrt. Wir sind eingeholt.
Dazwischen.
Gute Mädchen und schlechte Mädchen zu sein. Aber dann lieben gute Mädchen böse Jungs. Böse Jungs lieben auch böse Mädchen.
Aber dann heiraten böse Jungs keine bösen Mädchen. Aber Jungs lieben Mädchen, alle möglichen. Mädchen lieben auch Jungen.

Wir sind eingeholt.
Wir wissen es nicht besser als das. Niemand hat es uns beigebracht.

Setz dich richtig hin, wie eine Dame. Wirst du? Und kannst du bitte bessere Kleidung tragen? Was meinst du damit, dass es dir gefällt und es dein Leben ist?

Werden wir jemals aufhören zu erzählen und den gleichen Mist zu verkaufen?

Die ölige T-Zone.

WENN ICH DIE wahl habe zwischen dem Sitzen auf einem Stuhl im Salon und der Zahnarztpraxis, werde ich mich jeden Tag für Letzteres entscheiden. Das Personal im Salon ist gemein, anspruchsvoll. Sie verhalten sich überrascht, schockiert, als du ihnen sagst, dass du nicht gemerkt hast, dass du für ein Haar-Spa fällig bist. Zahnärzte reagieren nicht so, wenn Sie eine Kavität nicht identifizieren können. Sie sind netter.

Form meiner Augenbrauen. Kleidergröße. Der Lippenstiftton, der am meisten zu mir passt. Die Wirkung von Feuchtigkeit auf mein Haar. Früchte, die meine Haut zum Strahlen bringen. Die beste Gesichtsbehandlung, die ich je hatte. Nagellack-Dilemma, das man mit nur einem einzigen Anstrich gut aussehen lässt, im Vergleich dazu braucht man wirklich einen doppelten Anstrich. Meine eigene Oberlippe einfädeln. Locken Sie meine Haare zu Hause mit einem Glätteisen. Hausmittel, um einen Pickel über Nacht loszuwerden. Das Alter, in dem man anfangen sollte, Anti-Falten-Cremes zu verwenden.

Ja, das alles und noch mehr weiß ich nicht.

Ich kenne meinen Haut-, Körper- oder Haartyp nicht.
Ich kann keine konkreten Antworten geben.
Ich weiß auch nicht, welches mein besseres Seitenprofil ist.

Und ich kenne viele Frauen, die auch nicht alles gleich wissen. Natürlich kenne ich viele, die das auch tun. Daher die Notwendigkeit, das Problem anzugehen.

Wir, die Kenner, fühlen uns mit unserem Mangel an Wissen und Informationen wohl.

(Genau wie unsere Kollegen.)

Ja, wir existieren.

Entschuldigung für die Enttäuschung.

Wimperntusche auftragen, ohne sie zu verschmieren. Entfernen der Bräune. Eimasken für die Haare. Der Toner, der am besten zu meiner Haut passt. Das sind nur ein paar Dinge, die ich auch nicht weiß, aber ja, ich weiß, dass ich eine ölige T-Zone habe, wie kann ich das beheben?

Ja. Ölige T-Zone. Das ist sowohl meine Antwort als auch meine Rettungsaussage auf alles, was ich nicht weiß und was von mir erwartet wird. Das habe ich vor einem Jahrzehnt von einer Dame im Salon gelernt: „Die meisten Frauen haben die ölige T-Zone." Es machte einen solchen Eindruck auf mich, dass ich beschloss, mich immer daran zu halten.

Auch Sie sollten (beiläufig) versuchen, diese Worte herumzuwerfen. In der Damenabteilung kommen Sie mit fast allem davon.

PS: Wie faltet man Bettwäsche in einem perfekten Rechteck? Das genaue Datum meiner nächsten Periode (Moment, weiß das jemand?). Warum hasse ich meinen Chef? Wie bügelt man geknitterte Hosen? Farbe meiner Traumhochzeit lehenga. Sind Aliens real? Wie macht man Grünkohlchips? Wie oft wasche ich meinen BH? Haben Pinguine Knie? Ich kenne auch nicht VIELE andere Dinge in vielen, VIELEN Abteilungen. TUT MIR LEID.

Punkt ohne Wiederkehr.
#fangwiederan.

ALS WIR BEGANNEN, mteilte ich meine Absicht mit, dich leiden zu lassen. Ich habe mit Aufrichtigkeit darauf hingearbeitet, und ich kann nur hoffen, dass es mir gelungen ist. Wenn Sie einer dieser seltenen und besonderen Leser sind, die Bücher rückwärts lesen, dann willkommen an Bord. Nein, du bist nicht sehr spät dran. Hier gibt es keine Spoiler-Warnungen oder den Namen eines mysteriösen Mörders. Denn wir, die Frauen, sind *immer noch* so verwirrt und amüsiert wie zu Beginn.

Wir sind erwachsen geworden, ja, daher erzählen und verkaufen wir jetzt denselben Mist an unsere Töchter, Enkel, Geschwister, Cousins, Kollegen...

Wenige Dinge haben sich geändert. Gefällt mir.

Während der Druck besteht, *chapatis* abzurunden, wurde uns ein Roti-Maker übergeben, um die Aufgabe zu erfüllen. Während wir unseren kleinen Mädchen immer noch Barbie-Puppen schenken, kaufen wir auch LEGO-Mädchen, und auch Barbie erforscht Karrieren im Zusammenhang mit STEM. Während sich einige von uns einen Platz hinter den DJ-Konsolen und/oder in Kampfflugzeugen gesichert haben, machen wir uns weiterhin Sorgen, zu spät zur Arbeit zu kommen und so schnell wie möglich nach Hause zu eilen.

SIE

Und ein paar Dinge nicht.

Wir werden gebeten, unsere Geheimnisse der Arbeit vs. Familienbalance zu erklären. Mit Artikeln gefüttert zu werden, wie man so schnell wie Männer die Karriereleiter hinaufsteigt und dennoch perfekte Kinder großzieht. Wir sind immer noch auf der Suche nach Lösungen für verschmierten Kohl und beherrschen die Anwendung von BB-Cremes und Concealern. Wachsen, Kochen, Füttern, Kämmen, Servieren, Angenehmen und Reinigen sind nach wie vor unsere Hauptverantwortung.

Ja, wir sind eine Milliarde Schritte gegangen. Wir haben Kriege geführt, Debatten geführt und Kundgebungen geleitet. Wir haben gesehen, wie Elsa (von der Frozen Berühmtheit) ein blaues Kleid anstelle von Pink trug. Außerdem leisten unsere *feministischen* Freunde bei allem, was sie tun, gute Arbeit. Uns wurde gesagt, dass wir in Wirklichkeit Superhelden, Superfrauen und Supermänner sind.

Aber sind wir vorangekommen? Wissen wir es besser?
Ich weiß es nicht.

Ja, das Gehen hat uns ziemlich beschäftigt. Wenn ich mich richtig erinnere, habe ich an meinem elften Geburtstag das Formular ausgefüllt, um „eine Frau zu sein", oder war es der zwölfte? Und es hat mich seitdem so beschäftigt, dass ich keine Zeit hatte, darüber nachzudenken oder mir Notizen zu machen.

War ich bereit, ein Mädchen, eine Dame, eine Frau zu sein, mit 13, 15 oder 30 oder 34?
Ich weiß es nicht. Aber da die Welt bereit war, meine Weiblichkeit anzunehmen, musste ich mich revanchieren.

PUNKT OHNE WIEDERKEHR. #FANGWIEDERAN.

Also habe ich es getan.

Ich wusste nicht, dass es von hier an keinen Rückkehrpunkt mehr geben würde?
Ich gehe immer noch viele Schritte auf einmal.

Bin ich bereit, heute einer zu sein?
Ich weiß es nicht.

Willkommen oder unwillkommen, es gibt kein Entkommen.

Es macht sicher Spaß, eine Frau zu sein, aber es ist auch ziemlich hart und erfordert viel Arbeit. Es gibt zu viele Regeln zu befolgen, Menschen zu gefallen, sich zu kleiden und Rollen zu spielen.

Werde ich bereit sein, morgen einer zu sein?
Ich weiß es nicht.

Aber hier ist, was ich weiß. Ich mache einen ziemlich guten Job bei allem, was ich tue. Während ich mich also entschieden habe, weiterzumachen, gebe ich mir auch die Erlaubnis, die Erwartungen, Muster, Annahmen zu optimieren, während ich gehe.

Zunächst einmal werde ich mir verzeihen, dass ich vergessen habe, den Ofen zur richtigen Zeit auszuschalten und auch nicht daran gedacht habe, auf dem Rückweg von der Arbeit Reinigungsmittel zu kaufen.

Puh. Jetzt, da mir das abhanden gekommen ist, werde ich ein Herz-zu-Herz mit mir selbst haben und eine kleine Notiz von mir an mich kritzeln. Wenn Sie möchten, können Sie meine Notiz auch als Ihre verwenden.

SIE

Zeit, die Gelübde abzulegen und #fangwiederan.
Werden wir es diesmal besser machen? Ich weiß es nicht.

Wie auch immer, sollen wir?

PS: Vor ein paar Monaten, als ich das Thema dieser Arbeit mit ein paar männlichen Freunden, Kollegen, Bekannten usw. geteilt hatte, waren sie neugierig zu wissen, ob ich über Sex sprechen würde: kokett, lässig, ehelich usw. waren nur ein paar Themen (Jungfräulichkeit, niedrige Jeans, Blusen mit tiefem Hals, Gehaltsunterschiede usw.), über die sie lesen wollten. Ihnen tut es leid, Sie enttäuscht zu haben. Warum? Ich habe die Idee verworfen, nichts Persönliches. Außerdem gingen viele (Männer und Frauen) davon aus, dass diese Arbeit männliche Schläge beinhalten würde. Tut mir leid, dass ich dich auch enttäuscht habe. Auch hier ist dies nicht der richtige Ort und außerdem ist die Idee nicht aufregend genug.

Das tue ich.

HALLO.

Ich sehe dich jeden Tag.
In Heels, Sneakers, *Chappals*.
In Sari, Crop Tops, Denims.
In Hosen, Bikinis, Röcken.
Lunchboxen packen, Lebensmittel einkaufen.
Zur Arbeit fahren, Reifenpanne reparieren.
Wäsche abholen, Möbel abstauben.
Liebe deine Kinder, nähre deine Familie.
Bergsteigen, Projekte leiten.
Musik machen, Rekorde brechen.
Kommandierende Kundgebungen, führende Länder.
Mentoring, inspirieren, lernen.

Ich sehe dich jeden Tag.
Im Salon, in der Bar, im Pub.
An der Bushaltestelle, Einkaufszentrum, Flugzeug.
Im Aufzug, Park, Restaurant.
Im Büro, in der Küche, im Fitnessstudio.

Ich sehe dich jeden Tag.
Ich sehe dich seufzen. Und ich sehe dich lächeln.

SIE

Mit jedem Riss für einen Ex.
Mit jeder Niederlage, die du in einen Sieg verwandelt hast.
Mit jeder Mahlzeit, die du mit Liebe zubereitet hast.
Bei jedem Nein wurde das als Ja gewertet.
Mit jeder Umarmung von einem geliebten Menschen.
Mit jeder Überschrift, die davon spricht, dass die erste Frau ein Kunststück vollbracht hat.
Zu jeder Mahlzeit, die gekocht, aber nicht als würdig erachtet wurde.
Mit jedem Rekord, den du aufstellst.
Mit jedem Zentimeter, der verloren ging, gewann das Pfund an Wert.
Mit Erwartungen, Mustern.

Ich sehe, du bist erschöpft, hast es satt.
Ich sehe, wie du aufgeregt bist und dich nach mehr sehnst.

Ich sehe dich jeden Tag.
Schwester, Tochter, Ehefrau, Mutter, Tante.
Freund, Kollege, Senior, Unternehmer sein.

Ich sehe dich jeden Tag.
Und ich frage mich, wie du dich die ganze Zeit als jemand oder etwas fühlst.
Und ich frage mich, wie du dich fühlst, eine Frau zu sein.
Und ich frage mich, wie du es durchziehst, es zusammenhältst?

Bist du schon da?
Sind Sie die Frau geworden, die Sie erwartet werden und sein sollten oder sein wollten?

Das frage ich mich.
Hättest du die Dinge anders gemacht, wenn du in der Zeit zurückgehen

DAS TUE ICH.

könntest?
Würden Sie lieber das Geschlecht wechseln?
Hättest du immer noch die Linie gehen können, wenn du einen anderen Farbton getragen hättest, sagen wir blau?
Hättest du dich selbst weniger geliebt, wenn du nicht wüsstest, wie man kocht, eine Windel wechselt oder eine PPT macht?

Das frage ich mich.
Denkst du manchmal darüber nach, wie das Leben hätte sein können, wenn du nicht geheiratet hättest, keine Kinder gehabt hättest?
Fühlst du dich schuldig, wenn du eine Pizza bestellst?
Fährst du Fahrrad?
Gefällt dir, wie die Welt dich ansieht?
Gefallen Ihnen die Etiketten, mit denen Sie beschrieben werden? Single, Jungfer, Ehefrau, Mutter, Witwe. Fett, alt, dunkel, fair, traditionell, modern.
Hast du jemals einen Mann oder eine Frau geschlagen, die sagten, dass du dich unweiblich benimmst?

Das frage ich mich.
Wenn Sie Ihr Skript umschreiben würden, würden Sie es anders schreiben?
Und hast du einen Rat für den Rest von uns?

Und dann sehe ich dich wieder seufzen und lächeln.

Dieses Mal höre ich, wie du deine Geschichte mit einem Freund im Food Court am Tisch neben mir teilst.
Ich beobachte dich, während ich hinter dir in der Warteschlange stehe, um ein Kinoticket zu kaufen.
Ich hupe an deinem Auto, als du meins überholst und wegfährst.

SIE

Ich höre dir zu. Ich absorbiere.
Ich spioniere.
Ich verstehe deine Geschichte.
Ich verstehe, wie manchmal es so schwer ist, einfach zu sein.
Ich verstehe, wie es manchmal so schön ist, einfach nur zu sein.

Frau, ich bewundere und verehre dich.
Ich sehe, wie du weitermachst.
Ich sehe, wie sich die Welt um dich herum verändert.
Ich sehe, wie du dich anpasst, anpasst und akzeptierst.

Ich schaue mich um und sehe viele, die bei der kleinsten und größten Hürde aufgeben.
Und dann sehe ich, wie du jede Angst, jedes Hindernis besiegst. Ich sehe, du nimmst einen Kampf auf, ich sehe, du bringst Frieden.

Und mir ist klar, dass ich in dich verliebt bin. Und ich hoffe, es ist noch nicht zu spät, es dir mitzuteilen.
Und mir ist klar, dass ich den Rest meines Lebens mit dir verbringen möchte. Und ich würde es nicht anders haben.
Und ich kann nur hoffen, dass wir hoffnungslos verliebt bleiben können. Für immer.
Ja, ich möchte mit dir alt werden.

Also schreibe ich meine Gelübde auf.

Ich nehme dich als meinen Seelenverwandten, um dich in Liebe und Freundschaft, in Stärke und Schwäche, in Erfolg und Enttäuschung zu schätzen, um dich heute, morgen und so lange ich lebe treu zu lieben. Ich verspreche, dich zu trösten, dich zu ehren. Ich verspreche weiterhin, dich

DAS TUE ICH.

vorbehaltlos zu lieben und ermutige dich, deine Ziele zu erreichen, mit dir zu lachen und mit dir zu weinen, mit dir in Geist und Seele zu wachsen, immer offen und ehrlich mit dir zu sein. Sollte ich jemals zweifeln, um mich an diese Liebe zu dir zu erinnern, verspreche ich, in den Spiegel zu schauen, den ich in meiner Handtasche trage. Und diese Gelübde laut aussprechen:

Ich nehme dich als meinen Freund, Partner und meine Liebe.
Ich nehme dich als dich.

Das tue ich.

Und ich kann nur hoffen, dass Sie das *auch* tun.

Weiter geht's, rüber zu dir.

Danksagungen

DU FRAGST DICH wahrscheinlich, mit all diesen Worten auf den Seiten und mir, die unaufhörlich über meine Mädchenbrigade schwärmen, ob ich noch mehr Dankeschöns zu sagen habe. Das tue ich. Ich liebe es, Dankbarkeitsnotizen zu schreiben, und das hat mich durch 2020 und jetzt 2021 geführt.

Dieses Buch kommt zu einer Zeit, in der meine ersten beiden Titel unter die literarischen Abschnitte gestellt wurden und Emotionen (nicht Hormone) einer rein anderen Art als diese wecken. Warum habe ich das geschrieben? Wie immer wähle ich nicht die Worte, die Bücher wählen mich. Also, ja, Sie hat mich ausgewählt. Ich bin einfach eingebrochen.

Das Drehbuch forderte mich heraus, eine Geschichte zu drehen, die mich in Gefahr bringt, alle meine Freundinnen und männlichen Freunde zu verlieren. Seien Sie nicht überrascht, wenn Sie auf eine vertraute Anekdote stoßen und denken: „Oh, das ist mir passiert", weil es sehr wahrscheinlich ist, dass ich über Sie spreche. Ich habe versucht, diskret zu sein, bin aber an vielen Stellen gescheitert. Vielen Dank an meine Freundinnen. Du weißt, wo du im Buch auftauchst und was ich für dich, uns, empfinde. Ich liebe dich, Punkt.

Vor allem zwei Frauen, die sich vielleicht nicht erinnern, aber Nasrin Modak Siddiqi, waren Sie eine meiner ersten Beta-Leserinnen, und Fiona

DANKSAGUNGEN

Patz, die die rohe Version dieses Geschwätzes durchsiebte.
Mein Gedächtnis lässt mich im Stich, aber ich nehme an, dass ich viele von Ihnen hier in eine schwierige Lage gebracht habe: das Skript durchzulesen und mir zu erlauben, von Ihren Erfahrungen zu leihen. Ich habe meiner abenteuerlosen Existenz auch einen Hauch von deiner Weisheit hinzugefügt. Ein paar Namen auf meinem Kopf: Rita Mehta, meine BFF, für deine Liebe. Anne Cherian, das Leben ist unvollständig ohne deine vorzeitigen Anrufe und Bemühungen, meine Bücher jedem zu schenken, den du kennst. Sherry Dang Briet, dafür, dass ich mich immer freiwillig gemeldet habe, um alle meine Worte auf die Bühne zu bringen, und für den ganzen Wein. Sudha Bhatia, dafür, dass sie mich glauben ließ, dass es nie zu spät ist, einen Seelenverwandten zu treffen, und dafür, dass sie meine Besessenheit über die Farbe Lila teilte.

An Isvi Mishra, meinen wunderbaren Redakteur (Senior Editor, Ukiyoto Publishing) für diesen Titel. Für Ihre Worte: „Anstatt Ihre Leser mit einer idealistischen Hoffnung zu erfüllen, zieht Ihr Buch die Grenze zwischen dem, was Frauen fühlen und als was sie gesehen werden wollen, und wie sie es realistisch erreichen können. Das Buch liest sich wie die Prüfungen, Nöte und Ratschläge einer älteren Schwester, genau das, worüber Frauen lesen wollen! Vielen Dank!" Für Isvi hoffe ich, dass ich nicht die böse Schwester bin, und du kommst zu mir zurück, um mehr unerwünschte Ratschläge zu erhalten. Außerdem freue ich mich darauf, Sie in der realen Welt zu treffen.

Ich bin kein großer Fan davon, der Familie auf einer öffentlichen Plattform zu danken, aber ich habe eine knifflige Beziehung zu Klischees, also hier ist ein kurzes Dankeschön an sie. Zu Vishal, dem „ihm". Denn die Ein-Wort-Antwort, das Adjektiv „Nice", auf die 40.000 Wörter in diesem Buch. Und für alles andere, was mit einem „Schriftsteller" zu tun hat. Wir haben anscheinend unsere Antworten gefunden. An Prachi, für das Gebet

SIE

für eine Schwester. Es tut mir nicht leid, dass deine Gebete erhört wurden. Für das Lesen von allem, was ich schreibe. Wenn du all die lächerlichen Klamotten kaufst, schlage ich vor, dass du es tun solltest. Ich werde mehr am Telefon schwärmen. An Mumie-Papa. Nur weil. Ich brauche keinen Grund, Moment, Tag oder Buch, um dir zu danken. Ich liebe dich.

Nun, wenn Sie mir erlauben, möchte ich für ein paar (weitere) Minuten darüber sprechen, eine Frau zu sein, kurz bevor ich mich abmelde. Ich bin in meine Existenz verliebt, und ich werde meine Position mit niemandem, einer Freundin oder einem männlichen Freund tauschen. Bin ich dankbar? Oh ja. Bin ich erschöpft? Ja. Bin ich klüger? Nr. Ich weiß nicht, was ich Frauen sagen soll, die auf mich zugehen und den Eindruck haben, ich wüsste es besser. Bin ich bereit aufzugeben? Nr.

Zu lieben, zu uns.

www.ingramcontent.com/pod-product-compliance
Lightning Source LLC
LaVergne TN
LVHW041706070526
838199LV00045B/1225